風の果て

上

藤沢周平

文藝春秋

上巻　目次

編集部より

本書に収録した作品のなかには、差別的表現あるいは差別的表現ととられかねない箇所が含まれています。が、著者は既に故人であり、作品が時代的な背景を踏まえていること、作品自体は差別を助長するようなものではないことなどに鑑み、原文のままとしました。

尚、本文中で、厳密には訂正も検討できる部分については、基本的に原文を尊重し、最低限の訂正にとどめました。明らかな誤植等につきましては、著作権者の了解のもと、改稿いたしました。

風の果て　上

片貝道場

一

　桑山又左衛門は、封書の表裏を改めてから、部屋の出口までしりぞいた家士の青木藤蔵を見た。

「それで？　野瀬は上がらずに帰ったのか」

「はい。お上がりになりますかどうか、おたずねしましたところ、お手紙をお渡しするだけでよろしいと申されまして」

「ふむ」

　又左衛門は首をかしげた。そして、さがってよいと言った。藤蔵の足音が、廊下を遠ざかるのを聞きながら、又左衛門は行燈《あんどん》をひき寄せて封じ紙を破った。

　――市之丞め。

夜分に、何をとどけて来たのだ？　と思った。かすかに不吉な気分が胸を横切るのを感じながら、又左衛門は机の上からさっきまで使っていた眼鏡を取り上げ、慎重に耳に紐をかけた。

五十を過ぎてから、遠目は以前とさほど変わりなく利くものの、手もとの文字や図面を読むのに疲れるようになった。眼も疲れ頭も疲れ、疲労困憊《こんぱい》してやがて頭痛がして来る。それで、二年前に出府したときに、ひとにすすめられた上野北大門町の眼鏡屋に行って、眼鏡を買ったのだが、それを使うようになってからは、ものを読むのに苦労しなくなった。

「………」

野瀬市之丞の手紙を読み終わると、又左衛門は手紙を机の上に投げ出し、眼鏡をはずして呆然と行燈の灯を見つめた。ばかめ、と思った。不吉な予感はあたって、市之丞がとどけて来たのは果たし状である。恥を知る気持ちが残っているなら、五日後の夕七ツ半（午後五時）、六斎川べりの三本欅《けやき》の下まで来い、と書いてあった。

市之丞は、娶《めと》らず禄を喰《は》まず、ついに髪に霜を置くに至った野瀬家の厄介叔父である。その厄介叔父が、藩の重責を担う首席家老桑山又左衛門に、果たし合いを挑んで来たのである。

「ばかものが」

又左衛門は、今度は声に出して市之丞を罵った。そして、立つと障子をあけて廊下に出た。まだ雨戸をしめていないので、部屋から洩れ出た光が庭に落ちて、その光の中にぱしゃと鯉がはねたのが見えた。水面を飛ぶ虫を捉《とら》えたのだろう。

又左衛門が廊下に出た物音を聞きつけたらしく、いそぎ足に藤蔵がやって来た。三間ほど手前で跪《ひざまず》いた。

「何か、ご用が？」

「茶を持って来い。熱くて濃いやつをな」

「かしこまりました」

「あ、ちょっと待て」

又左衛門は、立とうとした藤蔵を呼びとめた。

「野瀬のことだが……」

「……」

「何か、変わった様子はなかったか？」

「いえ」

藤蔵は二十二だが、一刀流をよく遣《つか》う冷静な性格の男である。落ちついた口調で答えた。

「この前お見えになったときと、お変わりなく拝見しました」

藤蔵は、主人の古い友人に気を遣った言葉づかいをした。

「この前というと、あれは？」

「三月でございます」

「三月？」

又左衛門はおどろいたように藤蔵を見た。

「野瀬は、あれから来ていないのか？」

「はあ、一度も」

「で？ あのときと変わるところは見えなかったと言うのだな？」

「はい。お身なり、お顔の気色、物の申されよう、ことごとく以前と変わるところはございませんでした」

藤蔵は、主人が何を聞きたがっているのかをようやく察知したらしく、慎重な言い方で野瀬市之丞の正気を保証した。

——ふむ。

ただ、上がらずに玄関から帰ったことだけが、前と変わっていたわけかと思ったが、又左衛門は市之丞の正気を疑ったのではなかった。ただ、念のためにたしかめただけである。

「野瀬は……」

又左衛門は、障子越しの不透明な光にぼんやりとうかぶ藤蔵の顔を見た。

「やつはまだ、例の貧乏寺に住んでいるのかな？」

「多分……」

と言ったが、藤蔵はすぐに首をかしげた。自信がないらしかった。

「たしかめましょうか？」

「そうしてくれ。ただし、おまえは顔を見せぬ方がいいな」

「わかりました。では、明朝さっそくに」

藤蔵はそれだけ言った。

「ほかに、ご用は？」

「ない」

では、お茶をお持ちしますと言って、藤蔵が廊下を去って行くと、又左衛門は顔を暗い庭にもどして虫の声を聞いた。虫の声は、十日ほど前に吹き荒れた野分《のわき》のあと、めっきりと数が減ったように思われる。

——そうか、三月か。

と又左衛門は思っていた。市之丞《ほふ》が来て機嫌よく酒をのんで帰ったその月の終わりに、又左衛門は最後の政敵を屠り、権力を一手に掌握した。市之丞は市之丞で、そのときの政変の意味をじっくりと考えたのだろう。そしていま果たし状を送ってきたのだ。果たし状は又左衛門を指さして奸物と呼んでいた。その気持ちはわからぬでもないが、果たし合いはやはりばかげていると又左衛門は思った。

――やつめ、いつまでも若い気で。

舌打ちをしながら、又左衛門はまだ実家の上村の冷や飯喰いで、隼太《はやた》と言ったころの自分や、若い野瀬市之丞を思い出している。

野瀬市之丞の剣には、片貝道場の者が持たない、偏《かたよ》った癖があった。受けて反撃するときに意外な角度から竹刀《しない》がはね返って来て、それがまた、いかにも小意地が悪い感じに相手の身体《からだ》にぴしりと決まるので、野瀬の稽古は道場の嫌われものになっていた。

上村隼太は、竹刀を青眼《せいがん》に構えながら、むかい合っている市之丞の竹刀に鋭い眼をそそいでいる。

――隙を見せず、押さえ切ればいいのだ。

と思っていた。市之丞もやはり青眼に構えていた。いつものように表情がとぼしい青ざめた顔は、息をしているのかどうか疑わしいほどに静かだったが、隼太がすいと間《ま》をつめると、市之丞もすべるように足を移した。

その瞬間、隼太は竹刀を八双に上げた。空鈍流の基本型である。走りつつ、気合とともに斬り下げた。だが市之丞のひき足も速かった。隼太が打ちこんだときには、市之丞の竹刀は先端が道場の床に触れるほどに下がっていた。腰がぴたりと据わり、予想もしなかった位置から、竹刀がはね上がって来る。だが隼太はその動きを見ていた。竹刀を弾《はじ》かれながら、隼太は体を回すと踏みこんで、またも八双から斬り下げた。

だが、その竹刀が相手にとどく前に、もう一度はね返って来た市之丞の竹刀が、ぴしりと腋の下に入った。

「参った」

隼太は飛びさがると、道場の床に片膝をついた。一瞬、胸がつまったほどの痛みに襲われて、はげしく咳きこんだ。市之丞の打ちこみに、容赦のない力が籠っていたからだろう。やっと咳がおさまると、隼太は顔を上げて市之丞をにらんだ。

「少しは、手加減をせんか」

「悪かった」

と言ったが、市之丞はうす笑いしている。武者窓から入って来る日射しが道場の床を這い、その光の筋の中に細かな埃《ほこり》をうかび上がらせていた。隼太は脇腹をさすりながら立ち上がった。

「また邪剣にやられた」

「おい、おい。邪剣はなかろう」

「なに、大した技じゃないのだ」

隼太は、道場の隅の竹刀掛けの方に歩きながら言った。

「今日は、よく見えた。いまに、完膚《かんぷ》なきまでに打ち破ってやる」

「いやに自信がありそうだな」

うしろから、市之丞がからかう口調で言った。

「何なら、もう一度お相手するか」

市之丞がそう言ったとき、足音がして母屋の方から人が入って来た。杉山鹿之助と三矢庄六、それに寺田一蔵だった。

「なんだ、まだやってるのか」

貴公子然とした風貌の鹿之助が、まだ竹刀をにぎっている二人に不審な眼をむけた。

「和泉町はやめたのか？」

「いや、いや。行くぞ」

隼太はあわてて言った。和泉町というのは、組頭《くみがしら》の楢岡図書《ならおかずしょ》の屋敷のことで、隼太は今日は、そこへ行くのをたのしみに道場に出て来たのである。

「ちょっと待ってくれ。いま、顔だけ洗ってくる」

おぬしはどうする？　と市之丞を振りむくと、市之丞はとっくにそのつもりらしく、壁に竹刀を返し、ひと足先に裏口にある井戸の方にむかうところだった。隼太もそのあとを追った。

「表で待っているぞ」

という鹿之助の声がうしろでした。

片貝道場は、城下の目抜き通りと言われる場所の裏通りにあって、小路をひとつ出ると、いきなり人通りのはげしい青柳町に出る。隼太と市之丞が、顔と手足を洗い、母屋に行って師匠の片貝十左衛門に挨拶《あいさつ》するのもそこそこに外に飛び出してみると、鹿之助たちは小路の出口から見える武具屋をひやかしているところだった。

「庄六も行くつもりらしいぞ」

市之丞が、稽古のあとも前も変わらない青ざめた顔でささやいた。

「いいじゃないか」

隼太は険しい顔で市之丞を振りむいた。

「庄六にも権利はある」

「権利か」

市之丞があざ笑うような声を出したとき、鹿之助たちが振りむいて、二人の方にもどって来た。五人は、前後しながら商い店の並ぶ青柳町を北の方に歩き出した。

五人はほとんど同じ時期に片貝道場に入門した仲間だが、身分はさまざまだった。

杉山鹿之助は、数年前に失脚していまは藩政から身をひいている家の嫡子で、毛並みという点では五人の中で群を抜いている。そしてほかの四人は部屋住みで、親の身分もさほどに高くはなかった。一千石の上士である鹿之助の家を別格にすると、あとは市之丞の百六十石が最高で、三矢庄六の家に至ってはわずかに三十五石、いま少しで足軽と並ぶところにいる。三矢の親は、国境《くにざかい》や留山《とめやま》を見回る山役人だった。

これだけの身分の差がありながら、青柳町の通りを歩いている五人が、道場の中で比較的まとまって仲がいいのは、漠然とした同期意識のほかに、五人の中に杉山鹿之助がまじっているせいだったかも知れない。

元来家中《かちゅう》には、上士と下士は同席せずという不文律がある。五人はまだ親がかりの身分だから、この不文律はあてはまらないと言っても、一千石と三十余石の差は激甚だった。ことに百石や三十石の部屋住み身分というものは、しかるべき家に婿にでも入ればともかく、それまでは家中のゴミにひとしい存在とみなされるのである。

杉山鹿之助はその種の偏見を持たない、気持ちのいい男だった。花見にも秋の磯釣りにもつき合ったし、色町の片隅に入りこんで茶屋酒を飲むなどという遊びにも、いやな顔もせず加わるだけでなく、茶屋の費用の半分は自分が持ち、しかもそのことを巧みに四人には気づかれないようにする才覚も持っていた。

もっとも、隼太と市之丞はすぐにそのことに気づいたが、市之丞が例によって皮肉な笑いをうかべながら、「金は持っているやつが払えばいいんだ。貧乏人が心配することはない」と言ったので、そのままになった。一蔵と庄六は気がつかないらしかった。

しかし、鹿之助は杉山家の跡つぎだから、いずれ家督をつぐだろう。そうなればたちまちに断たれるまじわりだった。鹿之助がそう思っているかどうかはわからない。だが少なくとも、隼太や市之丞にはその意識があった。そして必ずしも鹿之助中心というわけではないが、その意識が五人をつないでいることはたしかだった。

二

青柳町から初音町に入り、初音町の先で五人は橋をひとつ渡った。城の卯の口門のすぐ下を流れて来る六斎川にかかる橋で、橋を渡って左に折れると、ひとのにぎわいは急に遠ざかった。と言ってもそこはまだ町屋で、しもた屋や檜物《ひもの》職人の家などがつづいている。

日はかなり傾いて、家家の中まで斜めにさしこみ、時おり、ひっそりと刃物の音を立てている檜物師の丸めた背をうかび上がらせたりする。

「さっきは、結局どちらが勝ったんだ？」

と鹿之助が言った。こういうことを聞くとき、鹿之助は見た眼にもたのしそうな顔をする。鹿之助は長身で、その上いかにも血筋の良さを感じさせる端正な顔をしているが、少しも気取らない男だった。ざっくばらんな物言いを好み、彼自身、住む世界が違う男たちとのつき合いを楽しんでいるようにも見えた。

片貝道場の同期で、もっとも技がのびたのは上村隼太と野瀬市之丞だった。と言っても、師範代には師の十左衛門がかつて「技神に入る」と折り紙をつけた名手羽賀吉十郎がいて、その下にやはり十左衛門が戯れに竜虎と呼ぶ中根又市、平井甚五郎がいる。隼太と市之丞はその下あたりに位置していて、杉山鹿之助はさらにずっと下、席次で言うと中どころにいた。

しかし、鹿之助は、自分の技がのびないことはさほど気にかける様子はなく、それよりは道場の席次では隼太の方が一枚上なのに、その隼太が、稽古の間にしばしば市之丞に苦杯を嘗《な》めているといったことを面白がっているのである。

「やられたさ」

と言って、隼太は首をひねった。

「やられるはずはないのに、どうもおかしい」

「例の妖剣が出たか？」

と鹿之助が言うと、一蔵と庄六がどっと笑った。鹿之助も笑った。

「野瀬はずるいんだ」

と、丸顔の一蔵が眼を丸くして言った。寺田一蔵は、しゃべるときにわずかに吃《ども》る。

「野瀬は、先生が見ているところでは、あの技を隠す」

「いや」

隼太が口をはさんだ。

「先生どころか、羽賀さんの前でもあの技は遣わん」

「やましいからだろう」

それまで黙っていた三矢庄六が、ぼそりと言った。みんなが、そこでどっと笑った。謗《そし》られている形の市之丞まで苦笑した。

庄六は、五人の中ではもちろん、道場の中でも目立つほどの稽古熱心である。その稽古熱心は三十五石の家の三男だという身分と、一見狸を連想させる見ばえのしない風采に対して、庄六本人が抱くはげしい不安と固く結びついているのだが、生傷が絶えないような稽古も、技の方にはさほどの上達をもたらさなかった。庄六は五人の中で一番技が拙《つたな》いだけでなく、後から入門して来る者に、いまもつぎつぎと追い抜かれているのである。

稽古熱心にほだされて、野瀬市之丞が庄六の相手をつとめることもないではないが、市之丞は庄六との稽古に例の癖のある技を遣ったりはしない。基本型の八双の構えに逆らうような、独特の下段の技は、市之丞が窮地に立ったときに出て来るのである。

隼太はあるとき、市之丞が先輩の平井甚五郎にその技を遣って、一撃で破られた上にはげしく叱られたのを見ている。

そういうもろもろの事情を承知しているので、みんなには庄六の一人前に非難がましい言い方がおかしかったのだ。笑い声をひびかせて通る武家の若者の姿を、すれ違う町人がちらちらと眼を上げて眺めて行く。

職人町がそこで尽き、常徳寺という、寺域に広大な森を持つ寺の前を通りすぎると、道は武家屋敷がある町にかかった。

「たしかに、やましいには違いないな」

と隼太が言った。

「だが、それが平井さんが怒ったような正すべき癖なのか、それとも市之丞が、わが道場の流儀にはない型を自分のものにしようとしているのかは、いま少したってみないとわからん」

「……」

「つまりだ」

隼太は熱くなって言った。

「おれはたしかに、最後にあの手にやられているが、やられっぱなしでいるわけじゃない。少しは工夫もしているし、いまにあの変な手を破ってやるつもりだ」

「……」

「そして、もし平井さんどころかおれにも破られるようなものなら、そいつは市之丞のただの悪癖で、有害無益の剣ということになる。そうだな？」

隼太は市之丞を振りむいたが、市之丞はうす笑いしてそっぽを向いただけだった。

五人はしばらく無言で歩いた。それぞれの頭の中に、市之丞のひねくれた、しかし目にもとまらぬ剣の動きがうかんでくる。

――平井さんは……。

どうしてあの剣を破ることが出来たのだろうかと、隼太は思った。

五人は、両側に組屋敷の生け垣がつづく道にさしかかっていた。そこは、商人町ほどではないが突然に赤ん坊の泣き声が聞こえて来たり、生け垣の破れ目から、襷《たすき》をかけて庭を走る足軽の女房の姿が見えたりして、暮らしのざわめきが垣の外まで洩れて来る場所だった。

その物音に刺激されたように、不意に隼太が言った。

「寺田の婿入り話は、その後どうなっているのだ?」

その質問に敏感に反応したのは、本人の一蔵ではなく、三矢庄六だった。庄六は、え? と言って一蔵を見た。

「そんな話があったのか。おれは聞いてなかったぞ」

「それが、なかなかいい口なのだ」

うろたえている庄六をみて、隼太はからかう気になった。

「高は百石、娘は美人だ」

「いや、いや、いや」

一蔵は吃って、庄六の方にはげしく手を振った。そして隼太を振りむくと険悪な眼でにらんだ。

「悪い冗談は、よせ」

「そうだ、つまらん冗談だ」

市之丞もたしなめたとき、五人は大きな屋敷の角を曲がって和泉町の森閑とした通りに出ていた。和泉町は樹木の多い屋敷町である。およそ八十年ほど前に、藩主家が三ノ丸の中に一族の屋敷を一度に数軒ももとめたことがあって、入れ替わりに数人の大身《たいしん》が三ノ丸を出て移転した先がこのあたりだったと言われ、和泉町はいまも大きな屋敷が並ぶ町である。

角を曲がると、道の正面からいきなり秋の日が射しかけて来て、まぶしさに隼太は眼をほそめたが、その眼に、同じ道を日射しを背負った黒い人影が歩いて来るのが見えた。距離がせばまると、人影は供の者を一人連れた武士だとわかった。

五人は口をつぐんで一列に道の端に寄り、会釈してすれ違った。五十前後とみえる白髪まじりの髪をした武士は、身なりを一瞥《いちべつ》しただけで五人を家中の部屋住みと見たらしく、軽くうなずいて通りすぎようとしたが、その眼が杉山鹿之助を認めると、鋭い眼をそそぎながらはっきりした黙礼を残して行った。

「いまのは誰だ？」

すれ違って、声が聞こえないほどに遠ざかってから、隼太は鹿之助に聞いた。

「おぬしを知っていたようだったな」

「郡奉行《こおりぶぎょう》の桑山というひとだ」

「ああ、あのひとが……」

と隼太は言った。

かつて藩が、海岸の砂丘寄りにひろがる不毛の原野に、長四郎堰という用水を通したことがある。難工事で、水を通してみると水はある場所まで行くと残らず地底の砂に吸い取られたという。その工事の指揮をとり、ついに堰を通して原野を広大な稲田に変えたのが、桑山孫助という郡奉行だと聞いた記憶があった。

それだけでなく、桑山はいったいにいまの藩の農政に、欠くことの出来ない切れ者なのだという。

——はて？

その話を、誰から聞いたのだろうと思ったとき、隼太は思わず笑い出しそうになった。ほかでもない、その話はこれからたずねる楢岡図書に聞いたのだ。

「そうか、あれが桑山孫助か」

隼太は改めてうなずいた。白髪と、対照的な日に焼けた黒い顔。隼太のように地の肌色が浅黒いのとは違う、長い間、日と風雨に鞣《なめ》されたとわかる黒い顔と痩せた肩。そして切れ者などという言い方とは少し印象が違う、意外に質素だった身なりなどを思い返している。

すると、鹿之助が言った。

「桑山は、近く郡代にすすむかも知れないといううわさがある。うわさだがな」

「ほう？」

隼太だけでなく、ほかの三人も一斉に鹿之助を見た。

郡奉行は四人いて、藩内四郡の土地、領民を取り締まり、また普請工事や山林治水の仕事を受け持っているが、禄高は百石以上とされるだけで、さほど高禄の者が勤めるわけではない。だが農政を総括する郡代は、通常三百石、四百石の家中から選ばれ、古くは郡代から累進して家老になった者もいた。近年はそういう話は聞かなくなったが、郡代が、執政職である家老、中老、月番組頭と膝をまじえて藩政を協議する名誉の職であることに変わりはなかった。

もし、桑山孫助が郡代にのぼるようなことがあれば、最近では異例の昇進ということになるだろう。鹿之助の話には、若い隼太たちの心を弾ませるものが含まれていた。

適当な婿入り口があればよし、なければ一生を実家に寄食して終わる厄介叔父という、深刻な不安を抱えている隼太たち次、三男には夢が必要だった。蛹《さなぎ》が羽化して成虫になるように、いつの日かいまの境遇から抜け出て、自分の羽で飛びたいとねがうのだ。

学問も剣術も、はやい話がそののぞみのためにはげむのである。学問にしろ、剣術にしろ、傑出すればごく稀にだが、藩が一家を立てることを許し、わずかだが扶《ふ》持《ち》もくれる。それがかなわなくとも、出来さえよければしかるべき家から婿の口がかからぬでもない。

それをたのしみにはげんでいる隼太たちにとって、桑山孫助が郡代になるかも知れないという鹿之助の言葉は、甘いひびきをつたえる。郡代は、はるか雲の上の存在である。だが郡奉行はそんなでもない。首尾よく百石以上の家に婿としてもぐりこむことさえ出来れば、いつかはめぐって来ないとも言えない役職である。その、手がとどく感じのする役職が、郡代につながっているとすれば……。

ふと、隼太はそれよりもっと手っとりばやい道があることに気づいた。

「桑山の家は、何石取りだったかな？」

「百八十石だ、たしか……」

と寺田一蔵が言った。吃り気味の口からすぐに石高が出て来たのは、一蔵も似たようなことを考えていたのかも知れなかった。

「百八十石か。ふむ、悪くないな」

と隼太は言った。上村隼太は何ごとにつけても空想が先走るたちである。しかも、大ていは自分につごうのいいような、ごく楽天的な空想をたのしむ。

「百八十石で、その上一人娘でもいれば婿の口としては上出来なのだが、誰か事情にくわしいのはおらんか」

「一人娘じゃないが、桑山の家は娘二人だけだよ。姉に婿を取るのだ」

そう言ったのは、意外にも野瀬市之丞だった。え？　と眼をみはった隼太を一瞥すると、市之丞はつめたい口調でつけ加えた。

「ただし近所の評判じゃ、桑山の娘は姉妹そろって醜女《しこめ》だそうだ」

市之丞の、いったん持ち上げてから下に投げ落とすような言い方に、みんなはどっと笑ったが、そこが屋敷町だったのを思い出して、あわてて笑いを押さえた。

「しかし、おれだったら……」

と杉山鹿之助が言った。

「娘が醜女でなくとも、桑山のおやじの顔を見ただけで、婿に行く気はしないね」

「杉山は婿に行く身分じゃないから、気楽にそう言えるんだ」

と隼太が言った。

「こっちは必死だからな」

隼太がそう言ったとき、五人は楢岡屋敷の大きな門の前に来ていた。

「おれは、ちょっと……」

寺田一蔵が、急にもじもじしながら言った。一蔵はいくらか顔を赤くしている。

鹿之助に顔をむけた。

「今日はここで失礼する。楢岡さまに、よろしく言ってください」

「どうしたんだ、急に」

「ちょっと、用があったのを忘れていたもので」

一蔵はそう言うと、そのままあとの四人に背をむけて、あたふたした足どりで遠ざかって行った。いくらか猫背のそのうしろ姿は、あっという間に楢岡屋敷の角を曲がって見えなくなった。

「やつはどうしたんだ、いったい……」

見送った隼太がつぶやくと、市之丞が冷笑するような口調で言った。

「一蔵は降りたんだよ。わかっているんじゃないのか」

隼太は無言で市之丞を見返し、ほかの二人は、市之丞の言葉が聞こえなかったような顔をした。

すぐに鹿之助が、自分の屋敷に入るような無造作な身ごなしで潜《くぐ》り戸《ど》を入り、三人がそのあとにつづいた。

三

楢岡の先祖は譜代《ふだい》ではなく、藩祖の泰運公の末期に、戦場の武功をみやげに召し抱えられたのだと言うが、当主の楢岡図書にはそういう面影はなかった。

図書は痩身で青白い顔をした文人肌の人間で、物を言うときにも、噛んでふくめるような静かな話し方をする。だが図書はべつに柔弱な人間でもなく、また身体が弱いわけでもなかった。いまは失脚して屋敷に閉じこもっている鹿之助の父親と組んで、藩政を牛耳った時期もあり、もっと若いころのことを言えば、片貝道場の先代片貝弥十郎から奥許しを受け、短い間だが師範代を勤めたことさえあったのである。物静かなのは、図書の元来の人柄だった。

いまも図書は、身の回りや机の上に無造作に書物を積み上げた居間で、静かな声で若者たちに藩の暮らしむきのことを話していた。

「長四郎堰が開通したのは十五年前だが、藩はそのおかげで田地千三百町歩を得た。その上にまだ、浜寄りの原野、ほぼ一千町歩が開墾出来るだろうという見込みが立っている」

「……」

「長四郎堰以前の大きな開墾は、五十年前に加治郡に兵庫堰が開通したときで、そのときの開墾はまことに大きかった。田畑四千五百町歩と言われたものだ。兵庫堰のおよそ六十年ほど前には、黒川郡に太郎堰が出来ておる。この堰が出来て開墾出来た荒地は、およそ三千町歩だったと、記録にある」

図書は、机の上に乗っている古ぼけた文書の綴りを、軽く指でつついた。

「つまりわが藩では、およそ百年ほどの間に、三つの堰を通すことによってざっと一万町歩の新田を得たことになる。これは大きい」

「……」

「土地柄というものがあり、また長四郎堰周辺は文字通りの新田ゆえ、一律には言えぬが、太郎堰の開通では新たに二万六千石の収穫を得たものだそうだ。わが藩が、表高は十二万五千石なのに実高十七、八万石とうわさされるのは、そういうところから来ておる」

「……」

「さて、そこでだ」

図書は、それまでは半ば机の上にむけていた身体を、今度はまっすぐ四人に向けた。

「それだけせっせと新田を開墾して、家中、領民の暮らしが楽になったかというと、これがちっとも楽ではない。鹿之助の家はともかく、ほかは上村にしろ三矢にしろ、借り上げ米で大困りではないかの」

藩が借り上げ米と称して、禄高のほぼ二割に相当する飯米を家中藩士から借りるようになったのは、七、八十年来のことだと言われるが、事実上の減石に外ならないこのやり方は、いまはすっかり制度化してしまって、図書の言うように、上士はともかく家計が苦しい下士の家の不満の種になっていた。

隼太たちがうなずくと、鹿之助が言った。

「どうして、そういうことになるのですか」

「普通には宝永四年、つぎに宝暦四年、五年とつづいた大凶作と相ついだ国役のせいだと言われている」

と言って、図書は若者たちの顔を見回した。若い者に、そういう話をするのが嫌いではないという顔つきになっている。

「一方に大きな新田の開墾が三つもあった同じ百年ほどの間に、国役の方も、大きなものが三つほどあった。延宝末から翌年の天和《てんな》元年五月にかけての、上野の厳有院さまご霊廟の普請お手伝い、これは……」

図書は机の上からうすい紙を取り上げて、眼を走らせた。

「工費二万八千五百両を要したとある。つぎに宝永四年の大凶作の年、このときの凶作で蒙った領内の損耗は七万三千石と言われておるが、何とこの年の末に、東海道の街道修復を仰せつかった。富士の大焼けの後始末で、わが藩の受け持ちは藤枝宿付近十七里ということであったが、凶作だからと、幕府は堪忍はしてくれぬ。この国役でも、出費は二万両を越えた。そして最後の大きな国役が、いまから三十五年前の、日光東照宮さまの修理お手伝いじゃ」

「………」

「このときの出費は、じつに四万八千五百両という巨額に達した。この当時の藩は、俗に言うさかさに振っても鼻血も出ないという有り様であったゆえ、費用の大半は領内の金持ち商人から借金するほかはなかった。それでどうにかしのぎ切ったが、そのときの借金はそっくり残った」

「……」

「そなたらの中に、御賄《おまかな》いということを聞いたことのある者がいるかな」

楢岡図書は杉山鹿之助の家と縁戚関係になっているので、特別に鹿之助に遠慮したような口はきかなかった。平等な眼で、四人を見回した。

鹿之助がいえと言い、ほかの三人は黙って低頭した。

「御賄いと言うのは、家中藩士から一年分の禄米、扶持米をそっくり取り上げることでな。取り上げたかわりに、一人につき一日米六合と禄百石について雑用金七百五十文を払うという非常の措置だった。この前代未聞の措置が行われたはじめが、東照宮ご修理手伝いが終わった寛保元年のことじゃ」

「すると……」

鹿之助が聞いた。

「いまだにつづいている、わが藩の財政の疲弊というものは、凶作と国役の無理な出費から来ているわけですか？」

「ま、ふつうはそう思われていて、それはべつに間違いではない」

図書はそう言うと、そこで少し姿勢を崩して、みんな、そう畏《かしこま》っておらんで菓子を喰えと言った。

「お茶が要るか」

「いえ、お茶は後ほど千加どのに馳走してもらうつもりで来ましたので、いまはご遠慮しましょう」

鹿之助がそう言うと、図書は急に物わかりのいい父親という顔になって、かすかな苦笑を顔にうかべた。

「わしの話を聞きたいというのはつまりはダシで、本命は千加の方のようでもある。若い者の考えは、およそそんなところと相場が決まっておるらしいが、どうも陳腐なことだ」

「いやいや、おじさま。それはとんだ誤解ですぞ」

鹿之助が、わざとらしい慇懃《いんぎん》さで言った。

「われわれは、おじさまのお話を拝聴したくておじゃましておるのです。後でお茶を馳走になりたいというのは、お話をうかがうお礼に、お点前を修業中の千加どののおさらいの相手をつとめてさしあげようというわけで」

図書は苦笑している。かつては執政職を勤めたほどの男も、娘のことになると甘くなるのか、鹿之助の少少悪のりした言い方にも腹は立たないらしかった。もっとも図書は、鹿之助が連れて来る若者たちに、つねに理解があるところを示したがっていて、若者たちが少しぐらい失言したぐらいで、咎めたり怒ったりすることはなかった。

図書の笑顔に釣られて、隼太たちも低い声で笑ったが、その笑いがおさまると、図書はまた顔色をひきしめて言った。

「では、いま少し話そうか」

「おねがいします」

鹿之助が丁重に頭をさげ、隼太たちもそれにならった。

「凶作と国役は、なるほど藩の大敵だった。わが藩の台所がそれで苦しくなったのは事実だが、それが原因のすべてと考えるのは正しくない」

「……」

「考えてもみよ」

図書は、これから話すことを眼の前の若者たちに叩きこもうとするように、ゆっくりと顔を見回した。

「凶作と国役は、どちらも藩にとってはおそるべき災厄だが、その災厄は毎年あったわけではない。さっきも話したとおり、百年の間に何度というものだ。藩の財政に活力があれば、一時は困窮してもやがては回復出来る。そして活力がないとは言えない。と申すのは、これも話したようにほぼ同じ百年の間に、藩は一万町歩の新田を開墾しておるからだ」

「……」

「では、何が原因かと申すと、ここにこういうものがある」

図書は机の上に手をのばして、うすい帳面を取り上げると、四人の若者によく見えるように、表紙の墨書きを見せた。隼太の眼には、

「両地御雑用金の書留」

と読めた。

「これは、わしがある男に頼んで調べてもらったものだが、両地というのは国元と江戸屋敷をさしておる。そこでどれだけの雑用金が出たかを、およそ五十年にさかのぼって調べた金額が、ここに載っておる」

「………」

「ま、古い話ゆえ、金額は正確でないものもあり、不明の年もある。しかし全体を眺めてみると、こちらの知りたいことは、およそこの中に現れて来ておる。そこでそなたらに聞くが……」

図書は帳面を机にもどして、また四人の顔を見回した。

「江戸屋敷と国元では、どちらが費《つい》えが多いと思うかの？」

「わたくしはお答えを遠慮しましょう」

杉山鹿之助が微笑して言った。

「そのことについては、以前ちらと父に聞いたことがありますので」

「よかろう。では、野瀬から申してみるか」

「所帯から申せば国元の方がはるかに大きいと思われますが、いまの杉山の言い方から察しますと、そう単純ではないようでございますな」

市之丞はずるい言い方をした。

「半半ぐらいでしょうか」

「それはおかしい」

と隼太が反発した。

「江戸は場所柄、費えが多いとみても、人数がまるで違う、わたくしは江戸は国元の半分ぐらいかと考えます」

「よし、それが上村の意見だな」

図書はたのしそうに言った。実際に、藩政の中枢から身を引いてひさしい図書は、時おり親戚の鹿之助が友人を連れてたずねてくるのをたのしみにしているようであった。

「三矢庄六。そなたの考えはどうだ?」

「わたくしは江戸屋敷の方の掛かりが多く、ひょっとしたら国元の倍ぐらいになっているのではないかという気がいたします」

いたしますだって、バカが気取りやがってと、隼太に身を寄せた市之丞が、耳にささやいたが、むろんほかの人には聞こえなかったようだ。

「そう思う理由は何だ？」

「理由は……」

問いつめられて、庄六ののっそりした狸づらが赤くなった。鹿之助にくっついて、もう何度か訪ねてきている屋敷ではあるが、三矢庄六にとっては、六百五十石の大身の屋敷も、その家の主人も未だに緊張を強いる存在であるらしかった。

「国元に人数が多いと申しましても、喰い物、着る物にさほどの金がかかるわけではありません。家中の者はお城で喰べているわけではありませんから。そこのところが江戸の方はまるまるお金がかかる勘定でありまして、かつは他藩とのつき合いも多く、殿のご一族もほとんどが江戸に住まわれておるわけでして、国元の倍の掛かりは必要かと……」

「これはおどろいた」

図書が突然に手を打ったので、隼太と市之丞は背をのばして図書を見た。

「三矢の考えがあたった」

「さようですな」

と言って、鹿之助も微笑しながら庄六を見た。図書は解説する口ぶりになって言った。

「一見したところ、国元では常時多額の金子《きんす》が動いているように見えるが、物の掛かり、つまりここに言う雑用金は、三矢の言うとおりで、さほどではない。年に均《なら》してざっと四、五千両といった金額でずっと来ておる。ところが……」

「……」

「江戸の方はこの調べの当初から、つまりこの帳面で言うと享保のころからと言うことだが、雑用金の額はつねに三万両を前後しておった。むろん、昨今はもっと多くなってきておる」

「すると、ざっと国元の六倍……」

隼太が呆然とした顔で言った。

「さようだ。つねに国元の五倍か六倍の出費となっておる」

「江戸屋敷を持つということは、毎年ひとつ、国役を勤めることに異なりませんな」

と鹿之助が言った。毎年三万両、と隼太はつぶやき、市之丞も庄六も黙然と図書の顔を見つめている。

「なるほど、藩のお台所が苦しい道理でございますな。そこで楢岡さまにおうかがいいたしますが……」

隼太がせきこむような口調で聞いた。

「この莫大な出費に、藩はこれまでどのような対策をとって来られましたか」

「いい質問だ」

と図書は言った。

「ひとつは先に申した新田の開墾、つぎには数度にわたる倹約令の実施、さらに富商からの借金といったものだが、新田開墾は焼け石に水、また倹約令というものはどこかに無理があるものとみえて、どうも思ったほどのきき目は出なかった。で、あとはいかにして上手に借金をするかという手だけが残ったわけだ」

「………」

「わしや鹿之助の父親が執政職を降りたのも、要するに借金のやり方をどうするかという一点で、いまの執政たちと対立したのが原因での。われわれは利息の安い江戸商人から金を引き出す考えだったのだが、借金は領内に限るべきだという猛烈な反対をうけて、執政職を投げ出したのだ」

「………」

「だが、いまの執政たちもほかに芸があるわけではない。領内借り入れの筋を通した結果は、羽太屋重兵衛という怪物商人をつくりあげてしまい、あわてて領外借り入れに切り換えてしまった。近年は江戸の出入り商人は言うにおよばず、近江、大坂の上方商人からも金を借りまくっていると聞いておる。藩はいまや借金漬けの有り様だ」

何とも暗い話だった。羽太屋重兵衛というのは、領内戸浦湊に店を持つ廻船問屋だが、多くの領内の富商たちが、藩に金を貸す代償に御用商人の特権を欲しがる中で、ただひとり潰れ地の買い入れ許可を得て、あっという間に巨富を築いた男である。

執政たちは、領内に空前の大地主が出現しそうな気配をさとって、あわてて重兵衛と手を切ったのだが、結局は羽太屋に代わる金主を領外にもとめなければならなかったという事情だろう。

こういうことは、断片的にはたとえば羽太屋重兵衛という人名とか、あるいは富商たちの、藩に対するたび重なる献金といった出来事などを通して耳にはしていたことだったが、改めて図書の口から聞かされると、いかにも藩の先行きが案じられる話だった。

――はやい話が……。

これじゃ学問や剣術に少少精出したぐらいで、藩が扶持をくれるなどということは望みうすになったな、と隼太は思った。それは藩が借金漬けになる前の、古き良き時代の昔ばなしということだろう。わが身の始末に汲汲《きゆうきゆう》としている藩が、次、三男の面倒をみてくれるわけはない。

とすれば、やはりどこかの家に婿にもぐりこむしかないわけだが、内証のいい家でないと、婿に入る早早、城から下がって内職ということにもなりかねないぞ。隼太が、天井をにらんで思案していると、鹿之助が部屋の沈黙を破った。

「すると……」

鹿之助は微笑して図書を見ている。

「どうあがいても、当分は借金がらみの政治からのがれられないということになりそうですな」

「まあ、そうだ」

図書はいくらか鋭い眼つきで鹿之助を見返していた。

「打ち明けますとわたくしは、いつかはおやじの跡をついで執政職を勤めてみたいものだと思っているのです」

突然に鹿之助は、いつものくだけた口調でいくらか口外を憚《はばか》るような事柄を口にしていた。

「失脚したときのおやじの落胆ぶりが、かなりみじめなものでしたからな。ま、それも無理からぬことでした。昨日までは千客万来という有り様だったわが屋敷に、役を降りたその日から一人の客もなかったのですから。じつに、一人もですぞ」

「そなたのおやじどのは、事実上執政の中心にいた男だからの。そういう変わり方は極端だったろうて。論語は徳ハ孤ナラズと教えるけれども、事実は権力のあるところに人はあつまる。ただのひとのところには誰も来ぬ」

「ま、そんな光景を見たせいか、おやじの眼の黒いうちに、一度はわが家を藩政の中枢にもどしたいものだと、いやいや、いまの執政がたに反抗するという意味ではありません。いわばわが志としてひそかにそう思っているわけですが、しかしおじさまの話を聞いたかぎりでは、どうも藩の先行きにはたのしみというものがありませんなあ」

「借金のやりくりも政治のうちではある。それに誰かは藩政をみなければならん」

「そういう言われ方では、それではわたくしがという気持ちにはなれませんな」

図書と鹿之助の奇妙なやりとりに、隼太と庄六は顔を見合わせて微笑したが、市之丞はそっぽをむいていた。言葉の遊びなんかはおもしろくもないという態度が露骨に見える。

「しかし、これで洗いざらいお話ししてくれたというわけでもないでしょう」

図書にむけている鹿之助の笑顔が大きくなった。

「さきほど、おやじが執政の中心にいたというお話がありましたが、おやじはまた、楢岡図書は当時の執政の中の智恵ぶくろだったと言ってますよ。そのおじさまが、財政建て直しの方策がわが藩にはひとつも残っていないなどとおっしゃるんじゃやないでしょうな」

「どうも、わしの頭の中のものを、残らず浚《さら》い出すつもりでおるらしい」

図書は苦笑して、四人を見回した。

「むろん、二、三の建て直し策というものはある。いや、べつにわしの考えというのではなくて、藩のしかるべき者たちが考えていることだ。藩というものは借金をやりくりする一方で、そういうことはそういうこととして必死に考えておるものでな」

「中身は？」

「ま、領内に産業を興すとか、領内の産物を船で上方諸国に売りこむとか、そういうことだが詳細はいまの執政たちの考えもあることだろうから言えぬ。だが、ひとつぐらいは申してもよかろう」

「……」

「太蔵が原の開墾だ」

と図書は言い、机の下から大きな彩色図面をひっぱり出して、四人の前にひろげた。ひと目で領内絵図とわかった。

「ここが朧月山の別名を持つ大櫛山。太蔵が原はこの麓だ」

図書は指を図面の一点に落とすと、南から北にひっぱった。そこは緑と朱にいろどられている絵図の中で、なぜか黒黒と墨で塗りつぶされていた。

「太蔵が原の開墾を思いついたのは、じつはわしだ。だが無理だとわかって、手はつけなかった。ただ、いまの執政たちには申し送ったが、連中も手をつけかねておる」

「無理と申しますのは？」

隼太が聞くと、図書は隼太の顔をじっと見返してから、ぽつりと言った。

「水を引く方法が見つからんのだな」

「でも、谷川ぐらいはござりましょう」

「あるが、谷が深すぎて水を上げられぬ」

「堰を設けても？」

「桑山孫助の話によると、堰を設けるのは無理だそうだ」

「もし、そこの開墾がうまくいくと……」

鹿之助が聞いた。

「どのくらいの田地を得られる見込みですか」

「ざっと四千町歩。最後には五千町歩近くまで耕せる土地だとみている」

「五千町歩……」

四人の若者は顔を見合わせた。鹿之助が言った。

「さきほどのお話によりますと、領内に一万町歩の田地をひらくのにざっと百年かかったということでしたな?」

「そうだ。それを考えれば、かりにいまから取りかかって、開墾し終わるまで五十年かかったとしてもお釣りが来る勘定だ。太蔵が原は領内に残された最後の開墾地だの。ただ申したように、惜しむらくは台地のため、水を通す方法が見つからぬ」

「いや、しかし……」

鹿之助は、微笑して言った。

「いくらか先のたのしみもあるとわかって、ほっとしました。や?」

鹿之助は、部屋の中がうす暗くなっているのに気づいた声で言った。

「もはや夕刻ですな。われわれは千加どのにお茶を頂いて、そろそろ退散することにいたします」

四

引きとめられて夜食をたべて帰るという鹿之助を残して、隼太たち三人が楢岡屋敷を出たときは、もう外は暗くなっていた。

「おい、比丘尼《びくに》町に行かんか」

門を出るとすぐに、野瀬市之丞が言った。比丘尼町は飲み屋が軒をならべ、その奥にはこっそりと女を抱かせるといううわさがある、うらぶれた小料理屋などがある場所だった。上士は初音町で飲み、下士は比丘尼町で飲むと言われているが、実際には家中と呼ばれるほどの者が比丘尼町に来ることはめずらしく、町人にまじって金のない部屋住みが出入りする程度だった。

「よかろう」

隼太はすぐに言ったが、庄六はちょっとしぶる様子をみせた。どうしようかな、と言ってもじもじしている。

「金なら心配するなよ、庄六」

と市之丞が言った。

「今日は懐があたたかいんだ」

「それに、帰ったって内職の手伝いをやらされるだけだぞ」

と隼太も言った。

「秋の夜長に、内職などつまらんじゃないか」

そう言われて、三矢庄六もやっと決心がついたようだった。行くと言った。

「おい、庄六。おまえ何を考えているんだ」

と市之丞が言った。三人がいるのは、越後屋といううなぎの寝床のように奥に長い飲み屋の中だった。細長い店は真中で縦に二つに仕切られていて、片側が床を上げた畳敷き、片側が飯台と樽をならべた土間になっている。

むかしは、衝立《ついたて》でいくつかに仕切ってある畳敷きの方に武家が坐り、土間の方には百姓、町人が坐って、言葉をかわすことはなかったものだという。すると、下士は比丘尼町で飲むと言われたころがやはりあったのかも知れず、また、近ごろにしても脇差だけさした白髪の隠居ふうの武士が、隅の畳敷きでじっくりと飲んでいるのを見かけることはあるけれども、店の中で武家とか、町人、百姓とか言ってへだてる風習は、もうなくなっている。

いまも衝立のうしろにいる職人らしい男たちが騒騒しくて、よほど大きな声を出さないと言っていることが聞こえない。市之丞は飲んでも少しも赤くならない顔を、庄六の方につき出して言っている。

「考えずに飲めよ、庄六」

「べつに考えていないよ」

「いや、嘘だ。おまえは考えている」

市之丞はしつこく言って、庄六に酒をついだ。

「何を考えているか、おれがあててみよう。いいか」

「……」

「楢岡の娘のことを考えているんだろ？　はっ、身のほど知らずにもほどがある。おい、隼太」

市之丞は、今度は隼太に絡んで来た。

「貴様だってそうだ。あの千加という小娘のことを考えているに違いないんだ。バカが、あんな小娘の機嫌なんかとりやがって」

「機嫌をとる？　おれがいつそんなことをした」

「けっこうなお点前だと言ったじゃないか」

「あれは礼儀として言っただけだ」

「とにかく、おれはもうやめた。おれはもう、ああいう恥ずかしいことはやらん」

「何をやめるんだ」

「杉山の尻にくっついて、楢岡の屋敷をたずねることさ。あわよくばという、貴様らの卑しい根性が見え透いて、じつにたまらん」

「自分の卑しい根性も見えるもので、ますますたまらんのじゃないか」

隼太が言うと、庄六が急に酒にむせた。市之丞は、庄六の背をなでてやりながら言った。

「おまえらに言っておくがな、だまされちゃいかんぞ。楢岡図書はあのとおりで、じつにやわらかい人柄だ。道場の後輩、杉山の友だちというだけで、身分もないわれわれを身辺に近づけて鷹揚《おうよう》なものだ。娘も娘で、気さくで生意気なところもなく、冷や飯喰いに茶を馳走して損したなどという顔はせぬ。あの美人が、だ」

「……」

「だが、だまされちゃいかん。最後には身分が物を言うのだ。たとえば、おれたちの中の誰かが、気に入られて楢岡の婿におさまるなどということは金輪際《こんりんざい》あり得ん。杉山をのぞいてはな」

「しかし、杉山は婿にはなれんぞ」

と隼太は言った。

「やつは名門の総領だ。弟はいるが、だからと言って鹿之助が他家に婿に出るなどということは考えられん」

「それがどうした？」

市之丞は、酒が入ってふだんよりいっそう青ざめて見える顔を隼太にむけた。

「それと、われわれが楢岡の婿にはなれぬということとは、何のつながりもないことさ。それを、ひょっとしたらと考えたりするあたりがさもしいと、おれは言うんだ」

「ま、そういう気持ちがまったくないとは言えんな」

隼太は正直に言った。家中の家家を、身分とか格式とかいうものがきびしく区別していて、事あるごとに盥《たらい》でものを洗うように、家やひとをそれで洗い立てることを隼太は知らないわけではない。

だが、二十を過ぎたばかりの隼太は、その種の家中の仕組みやしきたりを、それほど身にしみて感じ取っているわけではなかった。子供のころは中道助之丞の学塾に通い、そのあとは空鈍流を指南する片貝道場に通って剣の腕をみがいているが、中道塾も片貝道場も、門人を家の身分で差別するような場所ではなかった。

中道は江戸留守居役を勤めた能吏だったが、はやくから太宰春台に学び、青山の号を持つ碩学《せきがく》でもあった。四十代で隠居願を出し、塾をひらいて藩の子弟を教えることになったが、杉山鹿之助の父と同じ時期に家老を勤めた金井権十郎が太宰の師荻生徂徠《おぎゅうそらい》の弟子だったために、むしろ徂徠学の塾をひらくことを藩から奨励されたという。

中道塾でも片貝道場でも、規定の束脩《そくしゅう》をさし出せば身分を問わずに入門を許すし、そこではよくつとめ、学問なり剣技なりをのばした者が認められ、その成績に対する賞賛というものは、身分や家格で買えるわけではなかった。

隼太はまだ、そういう世界で呼吸していた。時おり大変だなと思うのは、先行きのことが頭にうかぶときである。このまま厄介叔父にでもなったらえらいことだと、そのときはかなり深刻に百三十石の家の次男という身分に考えをひそめる。だが隼太の空想癖は、そういう深刻な物思いをあまり長つづきさせず、考えはいつの間にかごく楽天的な方向に逸れて行くのがつねだった。

——家中およそ四百家……。

その中で一軒ぐらいは、おれを婿に欲しいという家があるに違いない、と思い、それも片貝道場の上村隼太の名前を聞きつけて、意外に高禄の家から婿養子の声がかからないものでもないと、空想はかぎりなく羽ばたくのである。

その空想の中に、楢岡図書や娘の千加の顔が、一度も思いうかばなかったとは言えない。だが、市之丞にねちねちと言われるまでもなく、隼太はそれが空想であることを承知していた。そう簡単に楢岡の婿に入りこめるわけではない。だがひょっとしたらと思うことは楽しかったのである。

——曲のない男だ。

隼太は市之丞をそう思った。かなわぬ夢を見るのも若い者の特権ではないか。婿になるのかどうか、いまにそれぞれに片がついてしまえば、やがて夢も見なくなる。それに、楢岡に行くのは、千加という娘を見に行くだけが目的ではない。

「それもあるが、それればかりじゃなかろう」

と隼太は言った。

「あそこで聞く話は、なかなかためになる」

「そうだ、ためになる」

と三矢庄六も言った。あまり口もきかず、おとなしく飲んでいた庄六は、すっかり酔いが回った様子だった。それだけ言うのに、いくらか舌がもつれるようなしゃべり方をした。庄六は酒に弱く、酔うとじきに眠くなるたちである。

「おまえ、もう飲むな。帰りにまた送って行くのはかなわん」

市之丞は、庄六の肩を抱くようにして言った。それから隼太を見た。

「何がためになるって？」

「藩の政治向きの話だよ。江戸屋敷の費用がそんなに多いなどということは、おれは知らなかったし、太蔵が原の話なんかもおもしろかったな」

「何でそんなものがおもしろいんだ」

「問題はいかにして原野に水を引くかということだろ？　その手段を見つけたやつが、太蔵が原に行く末五千町歩の美田をひらき、わが藩の救世主となることはまず間違いないな」

「おまえはじつに単純な男だな、隼太」

と市之丞は言った。

「ま、そこが上村隼太の愛すべきところでもあるわけだが」

「ひとをバカにした言い方はやめろ」

隼太は市之丞をにらんだ。

「何が単純だと言うんだ」

「楢岡図書を、おまえいったい、どういう人間だと思っているんだ。杉山のおやじと結託して御用商人からさんざん賄賂《わいろ》を取り、それで執政の座から降ろされた人間だよ」

「………」

「図書の話なんかは、話半分ぐらいに聞いておけばいいんだ。われわれにあんな話を聞かせるのも、要するに自分がまだ藩の大物だということを、若い者に誇示したいがためのお説教のたぐいだよ」

「しかし、あれがほら話とは思えんぞ。国役の出費にしろ、江戸屋敷の掛かり費用にしろ、きちんと金高を押さえて話してたじゃないか」

「ほら話とは言っていないよ。ただ、上士の伜《せがれ》というわけでもないわれわれ冷や飯喰い風情にだな、いまの執政の評判とか、藩の台所の中身などを講釈して聞かせるというのはおかしいじゃないかと言うわけだ」

「………」

「ま、聞いてためになるなどという言い草は、せいぜい杉山が言えるぐらいでな。われわれはお相伴《しょうばん》役だよ。杉山のお相伴をし、図書の過ぎ去った権力への郷愁を満たしてやっているというわけだ」

「どうも野瀬の言うことは皮肉に過ぎる。ついて行けんな」

「それじゃ聞くが……」

市之丞は向きあっている隼太に、つき出すように顔を寄せた。

「おまえ、太蔵が原に行ったことがあるか」

「いや」

「おれは行ったことがある」

市之丞は言うと、顔をひいて冷笑するように口を曲げた。

「図書は言わなかったが、何百年か前に、大櫛山の土砂が落ちて麓の森林を押し流したことがあるのだ。何里にもわたって、蜿蜒《えんえん》とな。そのあとが太蔵が原だよ」

「……」

「おまえ、気に入ったらしいから一度行ってみるといいな。立ち枯れの大木がにょきにょき立っていて、たとえはうまくないかも知れないが、賽《さい》の河原という感じのところだぞ。美田五千町歩だって？　ばか言っちゃいかん。そんなものは絵に描いた餅だ」

「そうか。そんな場所か」

「その点、一蔵なんかははっきりしているわな。おまえのように、変な夢を見たりはしない」

市之丞はくすくす笑い、手酌で一杯飲むと庄六の肩をばんと叩いた。そして眠っちゃいかんぞ、あとが厄介だからなと言った。

「一蔵は、まさか自分が楢岡の家に婿に入れるとは思わないまでも、おれたちが出入りするのが気になって、いつも一緒にくっついて来ていたわけだ。楢岡のおやじというのは、おれはあまり好きじゃないが、千加どのは美人だからな。美人で気だてがいいというのはあんまりおらんものだが、あのひとはその二つを兼ねている」

「同感だ」

と隼太も言った。千加は数年前に母親を失っていた。図書はそのまま後添いを迎えなかったので、千加は年ごろになると自然に奥のことを自分で取り仕切るようになり、父親の世話を焼くために表にも出るようになった。

そんな事情から、上士の家の娘といえば奥にこもって顔を見せないのがめずらしくない中で、千加は出入り商人にも会えば、時には父の客もてなし、親戚の杉山鹿之助が連れこむ男たちとも気さくに言葉をかわして、少しも気取るところがなかった。

それでいて、千加には、男たちが狎《な》れ親しむことを許さない凛然としたところがあって、そのために十八という齢よりはいくぶん大人びた印象をひとにあたえることがあった。と言っても、千加は現実には身体つきのほっそりした、ひとを魅惑する美貌の娘であることに間違いはなかった。

そういう千加に、鹿之助にくっついて楢岡の屋敷に出入りする若者たちは、みんなが恋していた。隼太はいつも、あのひとは白梅に似ていると思っていた。

「ところで一蔵は、今日は遠慮したよな」

と市之丞が言った。

「楢岡の屋敷の前まで行っていながら、中に入らなかった。なぜだかわかるか、隼太」

「一蔵は降りたんだって、おまえさん、さっき言ったじゃないか」

「そう。そのとおり」

市之丞は痩せたあごをがくがくいわせてうなずいた。酔って、少し言い方がくどくなって来ているようでもあった。

「やつは遠慮したんだ。縁組みが八分どおりまとまっている。そういう身で楢岡の屋敷をたずねるのは不純だと、やつはやつなりに考えたんだな」

「不純は少し大げさじゃないのか」

「いや、大げさじゃない。少なくとも寺田一蔵にとっては大げさじゃない」

市之丞は、少し血走った牛のように気味わるい眼で、隼太をねめつけた。

「一蔵にとって、千加どのは神聖なるものなのだ。わかるかな？　その気持ち……」

「そうだ、神聖なるものだ」

首を垂れたまま、三矢庄六がつぶやいた。その耳に市之丞は口を寄せて、おまえ、眠るなよ、そろそろ帰るからなと言ったが、庄六はゆらゆらと身体をゆすっただけだった。

「一蔵は正直な男だ。自分の気持ちを偽ることが出来ん。だからあらまし縁組みが決まったからには、きっぱりとあのひとをあきらめるべきだと決心したんだ」

「……」

「そういうことだ。とどのつまり、われわれはつぎつぎとあのひとをあきらめることになる。誰も楢岡の婿になどなれはせんのだぜ、隼太。そしてあのひとは、と言えばだ。いつかは、しかるべき家からわれわれが名前も知らんようなやつを婿に迎えるのだ。ほら、原口とか小谷とか、われわれが屋敷の前を通ることもないような、それでいていつも藩の政治に一枚嚙んでいるような、でかい家があるだろうが。婿はそういう家から来る」

「……」

「その男が千加どのに子を生ませ、やがて楢岡図書を名乗ることになるのさ。みんなわかっていることなのだ」

「そうか、つらいなあ。しかし……」

「しかし、何だ？」

酔ったときの笑い癖で、市之丞が引き攣《つ》るように笑い声をまじえながら言った。

「おまえ、まだ夢を見ようと言うのか。往生ぎわがわるいぞ。少しは、寺田一蔵を見習ったらどうだ」

「しかし、おれは全然聞いていなかったんだよな」

不意に顔を上げた庄六が言った。庄六の顔は真っ赤で、眼はほとんど半眼になっている。その眼を無理にひらいて、庄六は隼太をじっと見つめると、厚い胸を動かしてため息をついた。

「一蔵は百石か。あいつ、うまくやったな」

「ほら、みろ。だから、めったなことを言えんと言うのだ」

と市之丞が言った。隼太は庄六を見ながら、わるかったと言った。

「謝る。一蔵の婿入り先が百石というのは、嘘だ。おまえをかついだのだ」

「かついだ？」

「うむ。おまえがあまり真剣な顔をするもので、ひょいとバカなことを言ったのだ」

隼太は店の中を見回したが、客はもうあらかた姿を消してしまって、残っているのは隼太たち三人と、ほかには土間の隅に額をつき合わせて話しこんでいるお店《たな》の奉公人ふうの二人組がいるだけだった。店の奥の小さな懸け行燈の下に、盆を小わきに抱えた少女がぼんやりと立ってこちらを見ている。

「いや、すまん。おれにはそういう軽薄なところがある。以後、反省する」

「じゃ、何石なんだ？」

庄六はあくまでも禄高にこだわった。

「半分だと聞いた。五十石だ」

「五十石か」

庄六は考えこむ顔つきになり、それからうんとうなずいた。寺田一蔵の家は八十二石である。

「それなら、納得出来る」

「それにな、行き先が問題だ」

隼太は市之丞を見た。

「しゃべってかまわんだろうな。べつに内緒というわけじゃないのだから」

「かまわんだろ。天下周知のことだ。庄六は世間にうといんだから、ちゃんと聞かせてやる方がいい」

隼太は庄六に向き直った。

「そうだな」

「禰宜《ねぎ》町に宮坂という家があるのを知っているか」

「いや」

「寺田の話が決まりかけているのは、その家だ。勘定方で五十石もらっている家だよ。ただ、相手が一蔵より五つも年上で、しかももう二人出ている」

「出ているというのは？」

「婿だよ。勤まらなくて、二人も離縁になった。しかもその前にはじめの亭主が死んでいるから、一蔵は四人目だよ」

「…………」

庄六は酒がさめたような顔をした。隼太の顔を見つめながら、口だけ動かした。

「きびしいもんだな」

「そりゃ、そうさ」

市之丞はつめたい口調で言い、そろそろ引き揚げるから酒を残すな、と言った。自分も小まめに徳利を振って、盃に酒をあけた。

「それが婿の現実だ。おまえら、少し夢を見過ぎるんだよ。くだらない夢をな。もっと、足もとを見なきゃいかん」

「しかし、おれもわるいことを言ってしまったな」

意地汚く、盃にあつめた残り酒をすすりながら、隼太はぼやいた。

「庄六をかついだのもわるいが、一蔵を一緒にからかったのはまずかった。やつはきっと気分をわるくしたに違いない」

「しかし半分はあたっている。気にするな」

と市之丞が言った。

「宮坂の後家というのはな、庄六。一蔵より五つ年上というから二十七の大年増だが、めっぽう色っぽい女子だそうだ」

市之丞はうしろを振りむくと、店の奥にぼんやりと立っている少女にむかって、おい、勘定だと叫んだ。そして、なおも言った。

「だから、一蔵にだってたのしみがないわけじゃないんだ。わからんよ。案外年上女房にかわいがられて、琴瑟《きんしつ》相和すなんてこともないわけじゃないからな」

市之丞には、酔うとひとの面倒見がよくなる癖がある。勘定を済まして外に出てみると、思ったとおりに足がもつれてしまっている庄六をひとしきり罵ってから、送って行くと言った。送りとどけるといくらか遠回りになるが、市之丞は庄六と家が同じ方角である。

比丘尼町の出口で、方角が違う隼太は二人と別れた。そのときになって気づいたが、いい月が出ていて、提灯《ちょうちん》もいらない道をよろめきながら遠ざかって行く二人のうしろ姿がよく見えた。庄六が急に道ばたに寄ってしゃがんだ。声は聞こえなかったが、気持ちがわるくなって吐いているようにも見えた。

市之丞はそばに立って、辛抱づよく待っている。そして、庄六が立ち上がると片腕をつかんで歩き出した。市之丞は長身で庄六は小柄なので、その姿はひとりがもう片方を引きずって行くように見えるが、それでいいのだと隼太は思った。市之丞はきちんと庄六を家まで送りとどける気になっているのである。そこまで見て、隼太は二人に背をむけた。

五

時刻はかなりおそいが、四ツ（午後十時）にはまだ少し間があるはずだった。しかし比丘尼町の通りでまばらな人影を見かけただけで、隼太が歩いて行く町は、もう人人は寝静まったのか、人影どころか物音ひとつ聞こえなかった。月明かりに照らされた家家の軒が、鈍く光ってつづいているだけである。

——怒られるかな。

隼太はちらと兄の顔を思いうかべた。兄の忠左衛門は隼太よりちょうどひと回り年上で、両親が早く病死し、忠左衛門が父の跡目をついだときはまだ十八だったという。嫂《あによめ》の乃布を娶ったのが翌年十九のときである。そのまま茶屋酒の味をおぼえるひまもなく、上村の当主として城勤めにはげんで来た忠左衛門は、当然ながら堅苦しい人柄で、隼太が酒の匂いをさせて帰ったりすると、露骨ににがい顔をする。一、二度は家に入るなり、頭の上から雷を落とされてふるえ上がったことがある。ひと回りも年上の兄は、兄というよりも父親に似て、それも子供のころの隼太は事実上十九と十七の兄夫婦に育てられて一人前になったので、頭が上がるわけはなかった。

――ま、いまから帰ればもう寝てるだろう。

隼太は横着にそう思うことにした。謹直な兄は、夜は大概五ツ（午後八時）、おそくとも五ツ半（午後九時）には床について、明日の勤めにそなえる。そこがつけ目だった。

道は六斎川のそばに出た。上流の水の浅いところに、月影がくだけるのが見え、さらに川筋のはるかむこうに、大櫛山の幅広い峰が、ぼんやりと宙にせり上がっているのが望まれた。

太蔵が原か、と隼太は思った。市之丞は太蔵が原は不毛の土地だとこきおろしたが、檜岡図書だっていい加減の夢物語を聞かせたわけではあるまい。何らかの根拠にもとづいて、あの話をしたのだ。水が引ければという条件つきではあったが……。

――市之丞が言うとおり、一度……。行って、その荒野を見て来るかな、と隼太は思った。月の光は明るいが、大櫛山の裾野のあたりは遠すぎて、ただぼんやりとかすんで見えるだけである。そのうす暗い夜色の下にひろがる、広大な黒い台地を隼太は想像した。そこには、何か胸をおどらせるようなものがある、という気がした。

「お、何だ」

歩きながら物思いにふけっていた隼太は、いきなり鼻先にひらめいた光のようなものにおどろいて、大きく横に飛んだ。

だが、飛びのきながらとっさに腰の刀に手をやったのは、抜き身の刀を手にした男に道をさえぎられたのだとわかったからだった。肌に寒気が走った。しかし、その男は隼太に斬りかかって来たわけではなさそうだった。刀を握ったまま、呆然と夜の道に立っているだけのように見える。

「この夜ふけに、何の真似ですかな」

隼太は、いつでも抜き合わせられるように刀の柄に手をかけながら、男に声をかけてみた。相手は着流しの男だったが、あきらかに武家だった。顔ははっきりとは見えないが、三十前後の男のようにも思える。

「お酔いになっているのですか？」

酔っているか、そうでなければ頭が狂っているか、どちらかではないかと疑いながら、隼太は慎重に声をかけたが、男はつぶやくような声を洩らしただけである。いや、と言ったように聞こえた。

「お酒は入っていない？　しかし、それにしてもあぶないですな。その刀は、こちらに預かりましょうか」

「たつのすけさん、そうなさいまし」

不意に女の声がして、古びた門柱の陰から女が現れた。身体つきがすらりとのびて見え、顔立ちも派手な豊満な感じの女だった。さっき飲み屋で話に出たばかりの宮坂の後家である。それで隼太は、いま通りすぎている場所が禰宜町なのに気づいた。

――たつのすけとは何者だ？

と思った。女が姿を現すと、男は右手に刀をにぎったままそちらに身体をむけた。

「そのあぶないものをしまわないことには、お話も出来ないじゃありませんか」

女がそう言ったとき、男の身体が躍りあがるように動いて、女に斬りつけた。女はきゃっと言って門柱の陰にかくれたが、隼太はその一瞬の動きをのがさずに、刀をにぎった男の手に横から組みついて行った。

男は、背丈は隼太とさほど変わらなかったが、骨細な男だった。組みついて腕をつかんだときにそれがわかった。しかし男は、隼太に組みつかれると猛然とあばれ出した。骨細といっても、男の力はやはり侮《あなど》りがたくて、奪い取ろうとした抜き身の刃が二度、三度と顔をかすめてひやりとしたが、隼太はどうにか男の手から刀をもぎ取ることが出来た。

男の手をうしろ手に捩《ね》じ上げると、隼太はすばやく男の腰の物をはずし取って、女の方に投げた。

「下げ緒で、きっちりとゆわえてください」

「わかりました」

「さて、困ったな。あと、このひとをどうしますか」

刀をもぎ取られた男は、急にぐったりして、無気力にうなだれている。

「あの、すみません。お家まで連れて行ってくれるひとがいるんです」

「え？　何ですって？」

女は隼太の怪訝《けげん》な顔には眼もくれず、透かし見るように道の左右に眼をくばっていたが、やがて声をひそめて何とかという名前を呼んだ。隼太にはよく聞きとれなかった。

ところが、女が呼ぶとすぐに、宮坂の家の生け垣の角を曲がって、男が一人ぬっと姿を現した。堂堂とした恰幅の、四十近いかと思われる武家だった。

その男は、べつに隼太の眼をはばかる様子もなく、ゆっくりと近寄ると隼太に礼を言った。

「いや、ご造作をかけて痛み入る」

それだけ言うと、男は女から刀を受け取り、隼太が押さえていた男の腕をつかむと、無造作に行くかと言った。腕をつかまれた男はさからわなかった。二人はそのまま、さっき隼太が来た方角に遠ざかって行った。

狐につままれたような感じで、隼太が呆然と見送っていると、女がくすくす笑った。

「さぞびっくりなさったでしょうね」

「ええ、むろん」

隼太は少しむっとして言った。無事に済んだからよかったものの、たったいまここであったことは、一歩あやまれば血を見たはずの刃物沙汰である。笑いごとではなかろうに、と思っていた。

「ごめんなさいね。ほんとにご厄介をおかけしまして」

「いや」

女はあやまったが、その謝罪にはどことなくまごころが籠っていない感じがあった。それが隼太に、少し突っこんで事情を聞いてみる気を起こさせた。むろん頭の中には、寺田一蔵のことがひっかかっている。

「こんなことを聞いていいかどうかわかりませんが、さっきの男は何者ですか」

「刀を振り回したひと?」

「ええ、そうです」

「離縁した、もとの亭主ですよ」

女はあっけらかんとした口調で言い、また小さな声で笑った。

「時どき、ああしてたずねて来るんで困っているんです。でも、刀なんか抜いたのははじめてですけどね。いくじなしでひとなんか斬れるはずがないのに」

女は軽蔑したように言ってから、隼太をじっと見た。

「失礼ですけど、あなたさまはどちらの?」

「藤井町の上村の者です」

「あ、上村さまの……」

女はうなずくと、不意に隼太に身を寄せて来た。あっという間もなく、隼太は手をにぎられていた。濃い化粧の香としめっぽく汗ばんだ女の手のひらの感触に、隼太は上気してしまって、女の声を遠く聞いた。

ささやくような声で、女が言っている。

「今夜のことですけどね、上村さま。よそにはどうぞご内聞にねがえませんかしら」

「むろんです」

隼太はいそいでうなずき、必死になって女の手のひらから手を抜いた。

「誰にも言いません。では、失礼します」

禰宜町は小禄の家中屋敷がならぶ町で、とびらのない門柱だけの入り口がつづいている。少し行ってから振りむくと、宮坂の後家がまだ門柱のそばに立ってこちらを見送っているのが見えた。

——しまったな。

隼太は舌打ちをした。別れたもとの亭主はともかく、生け垣の陰から出て来たもう一人の男は何者だったのだろう。そこまで聞くべきだったのだ。手をにぎられたとたんにすっかりうろたえてしまって、だらしないにもほどがあると、隼太は自分を反省した。

——それにしても……。

一蔵に、今夜のことを言うべきかどうかと、隼太は新しい悩みを抱えこんだ気持ちになった。いくら豊満な美人でも、身辺にああ男の匂いが濃くては、婿入りするのも少し考えものではなかろうか。

むろん、考えものかどうかを思案するのは一蔵で、隼太の知ったことではないが、夜の夜中に、別れた亭主が刀をにぎって家の前をうろつくなどということを、一蔵は知らないはずである。話してやらなくともいいものだろうか。

家の前まで来ると、隼太は物音を立てないようにそっと潜り戸を探した。小さいながら隼太の家には門があり、屋敷は黒板塀で囲まれている。潜り戸がしまっていたら、いつかの夜のように塀を乗り越えるしかないなと思ったが、戸は難なくあいた。おそくなるとみて、老僕の嘉六が気をきかせたらしい。

閂《かんぬき》をわたして潜り戸を閉めてから、隼太は家の方に向き直った。茶の間にも、土間わきの下男部屋にも、灯のいろはまったく見えず、家は暗黒に包まれていた。庭に立つ欅の大木の間からさしこむ月の光が、屋根にまばらな光を落としているだけである。

隼太は足音をしのばせて裏の台所口の方に回った。台所と廊下をへだてたところに女中部屋があり、隼太の居間は、さらに女中部屋から奥に入ったところにある。自分の部屋の下まで行って、雨戸をゆすってみたがあかなかった。

隼太は女中部屋の外まで引き返した。廊下の雨戸をこつこつと叩いた。しばらく耳を澄ましてから、またこつこつと叩く。障子がひらく音がし、足音が廊下を伝って台所に行くのがわかった。

台所口の外で待っていると、そろそろと戸があいて、暗い中に女中のふきの白い顔が動いた。

「お帰りなさいまし」

ふきはいつもの落ちついた声で言ったが、声音にはっきりと眠そうな気配がまじっていた。隼太は片手をあげてあやまった。

「おそくなった。わるかった」

「お酒が匂いますよ。また飲んで来たんですか」

ふきは非難するような口調で言った。ふきは十五のときに女中に来て、途中二十の年にいったん生まれた村に嫁に行ったが、一年たらずで不縁になり、また上村家にもどって来た女である。

いかにも村の女といった、骨組みのしっかりした大柄な身体と白い肌を持ち、口数が少ないふきは、隼太が時おり酒を飲んでおそく帰るのを不道徳と考えているような生まじめな女だった。隼太より三つ年上である。

隼太が水を飲んでいると、台所口のさるを落としてもどって来たふきが、声をひそめて言った。

「旦那さまが、ずいぶんおそくまでお待ちだったんですよ」

「え？　そりゃまずいな。何の用だろ？」

「隼太さまのご縁組みのお話じゃないんですか」

「おい、ほんとか」

隼太は柄杓《ひしゃく》を水瓶にもどして、ふきに向き直った。外に月明かりがあるせいか、ふきの少し着くずれた襟もとから、白い胸がのぞいているのが見える。隼太は眼をそらして言った。

「相手はどこかな？」

「さあ、そこまでは存じません」

「そうか。おれにもいよいよ婿の口がかかったか」

「でも、そんなにお喜びになるようなことかどうかは、わかりませんですよ」

ふきが、変に意地のわるい口をきいた。

「婿も嫁も、行ってみればわかりますが、決して楽なものじゃないですからね」

「おい、いやにケチをつけるじゃないか」

「おやすみなさいまし」

ふきは唐突に言うと、足音も立てずに台所から出て行った。あとに残った女くさい肌の匂いで、隼太はまた禰宜町の宮坂の後家を思い出した。一蔵に今夜のことを話すかどうかは、一度市之丞に相談してから決めようと、やっと気持ちが定まったようだった。

六

だがそのあとしばらく、隼太は市之丞に会えなかった。市之丞は道場にも姿を見せず、家をたずねて行っても家にもいなかった。それどころか、野瀬の家では、隼太が行くと市之丞の母親が出て来て丁寧に応対したが、逆に隼太に市之丞の行方をたずねる始末だったのである。

また、あてもなく領内をぶらついているか、それとも比丘尼町の奥にもぐりこむかしているのだろうと隼太は思った。隼太などには考えられないことだが、市之丞は時おり、そうしてひとの前からふっと姿を消すことがあり、その間は行方をさがしても無駄だった。

今度もいつもの放浪癖が出たのだろうと隼太は思い、寺田一蔵とは毎日のように顔を合わせていたが、市之丞が姿を現すのを待つつもりで、宮坂の後家のことは一蔵にはひと言も洩らさなかった。

その市之丞と顔を合わせたのは、比丘尼町で三矢庄六と三人で飲んでから、およそ十日も過ぎてからだった。

その日隼太は道場に出かけるのがおそくなり、青柳町裏の道場に着いたのは八ツ半（午後三時）過ぎになった。道場の中に入るとすぐに、異様な空気に気づいた。

道場の真中で、市之丞と平井甚五郎が竹刀を構えて向き合っている。そしてほかの者は、その二人を遠く取りまく形で、羽目板に寄りかかって立ったり、あぐらを掻いたりしていたが、異常なのはその見物人たちが、私語ひとつかわさず身じろぎひとつせず、石のように静まり返っていることだった。

異常さは、竹刀を構えて対峙《たいじ》している二人にも現れていた。市之丞の右頰から血がひと筋滴って、頸まで流れ落ちているのが見える。何事が起きたのかは、すぐにわかった。得物《えもの》は竹刀だが、眼の前に繰りひろげられているのは決闘なのだ。仕かけたのは、多分平井の方からだろう、と隼太は思った。平井甚五郎が、以前から市之丞を快く思っていなかったことを思い出している。

隼太は、もう一度道場の中を見回した。師範席には誰もいなかった。師匠の片貝十左衛門も羽賀吉十郎も姿が見えず、平井と並び称される次席の中根又市だけが、武者窓の下に腕組みをして立っている。中根は小柄で無口な男だが、鷹のような鋭い眼を対峙する二人にそそいでいた。

その姿を見て、隼太は中根も承知の上の試合だな、と思った。頰から血を流している市之丞が心配になった。いつもの仲間が来ていないかと、さらに道場を見回したが、杉山も寺田も三矢もいなかった。ただ、そう親しい仲間というわけではないが、時おり言葉をかわす水野幸平という男が、隼太の眼をうけとめてうなずくようなしぐさをした。

隼太は、立っているひとのうしろを通って、水野のそばに行った。

「いったい、どうしたんだ?」

「どうしたもこうしたもないよ」

水野は興奮した顔で、ささやき返した。

「平井さんが急に怒り出して、この有り様だ。いや、さっきは凄かった。しばしば打ち合ったのだ」

空鈍流では、竹に真綿を巻きその上から紫革で包む袋竹刀を稽古に使う。しかし、竹を真綿でくるむといっても、かつて流祖小田切一雲の高弟真里谷円四郎が、冑《かぶと》の上からこの竹刀で打ったところ、冑をかぶっていた者が血を吐いたと伝えられるように、持つ者が持てば竹刀といえども凶器に変わる。

そのために片貝道場では、試合のときは厚く固い鉢巻きで額を覆い、同じく小手にも布を巻き、稽古着の下に綿入りの袖無し胴着を着込んで肋を保護するなどの工夫をしているのだが、いま向き合って竹刀を構えている二人は、見たところ鉢巻きもしめていなかった。

隼太は水野にささやいた。

「先生は？」

「お留守だ。戸浦に行かれて、お帰りは夜になるそうだ」

「そいつはまずいな」

隼太は小さくうなった。

「羽賀さんもおられないのか。運がわるいな」

「いや、今日は羽賀さんが稽古をつけておられたのだが、八ツ（午後二時）ごろに急用でお帰りになった。そのあとではじまったことだ」

水野は唇をふるわせた。

「中根さんにはとめる気がない。だから、誰かが羽賀さんを呼びもどしに走ったはずだ。行き先はわかっているからつかまると思うが、ただ間に合うか、どうか……」

水野がそこまで言ったとき、すさまじい気合が道場をふるわせた。平井が、八双の構えから三間ほどの距離を一気に詰め、市之丞を打ったのである。

市之丞も応酬した。いつもの冷笑するような表情は影もみられず、市之丞は眼をつり上げた凄惨な表情になっている。打ち合う竹刀がはげしく鳴り、二人の姿が目まぐるしく交錯した。

その間に隼太は、市之丞の竹刀が平井の右肩を強打し、平井の竹刀が市之丞の胴と顔面を正確にとらえたのを見た。平井の竹刀さばきは速くて強かった。脇腹を打たれたとき、市之丞が一瞬身体を二つに折って、苦悶の表情をうかべたのが見えた。そして顔面を襲った平井の一撃は、市之丞の眼尻から新しい血を噴き出させている。市之丞は血だらけになっていた。多分そのせいだろう、それまでひっそりとしていた道場の中がざわめきはじめた。

──これじゃ……。

市之丞がなぶり殺しになる、と隼太も思った。また八双の対峙にもどった二人を横眼に見ながら、隼太は斜め前方の窓の下にいる中根に声をかけた。

「中根さん、もういいじゃないですか」

「……」

「分けてください。それとも、わたしが分けますか?」

実際に、中根にその気がないのなら身を挺しておれが分けてやる、と思いながら隼太はそう言ったのだが、中根又市は答えなかった。鋭い眼を隼太に据えると、威嚇するように両手を上にあげた。手を出すな、という身ぶりに見えた。

だが、隼太の声はかえって対峙する二人を刺激したようでもあった。またしてもすさまじい気合をかわして、二人は竹刀を打ち合っていた。二人の身体は、道場の床を踏み鳴らしていったん鳥のように交錯し、ふたたび吸い寄せられるようにして打ち合った。

――やった。

隼太は息をのんだ。八双の構えから打ちこむ平井の竹刀を、市之丞が例の下からはね上げる剣ではね返したのが見えたのである。平井が怒号した。はねられた竹刀にすばやく身を寄せ、竹刀をひきつけながら体を半回転させた平井の身のこなしがなめらかだった。力に溢れた竹刀が、まだ構えの定まらない市之丞にすばやく襲いかかる。

その打ちこみを、市之丞は紙一重でかわした。しかも鋭く踏みこみながらかわしたので、市之丞の下段から斬り返す竹刀が、今度は音立てて平井のあいた腋の下に決まった。ほとんど相打ちに見えたその一撃で、大柄な平井の身体がふっ飛んだ。平井甚五郎は起き上がろうとしたが、立ち上がれずにもがいている。

――肋の骨が折れたな。

と隼太は思った。市之丞を見ると、血だらけの顔に放心したような表情をうかべて、よろめき立っている。

「おい、ちょっと」

隼太は近間にいた若い門弟を四、五人呼び集めて、平井を取りあえず支度部屋にはこぶように言いつけた。場合によっては、骨つぎの医者を呼ぶことになるかも知れない。

中根に相談してみよう、と思って振りむくと、本人がゆっくりと道場の中央に歩いて来るところだった。中根の鋭い眼は、市之丞にそそがれている。

三間ほどの距離をおいて立ちどまると、中根は市之丞に声をかけた。

「どうだ、野瀬。もうひと試合出来るか？」

「そいつはいけませんよ。中根さん」

思わず隼太は横から口をはさんだ。頭にかっと血がのぼって、そばにいる水野の手から竹刀をひったくると、一歩前に出た。

「見ればおわかりでしょう。野瀬は精根つきはてています」

「………」

「どうしてもと言うのなら、わたくしがお相手しましょう」

「おぬしにはかかわりがない」

「かかわり？　何のかかわりですか？」

隼太がわめいたとき、道場の入り口で羽賀吉十郎の声がひびいた。道場の中の不穏な空気がぴんと来たらしく、羽賀は不機嫌な声を出した。

「道場を血で汚した者は誰か。勝手なことはゆるさんぞ」

市之丞と中根、それにお相伴を喰った形で隼太まで羽賀の説教を喰らい、解放されて外に出ると、もう日暮れだった。平井甚五郎は折れはしなかったが肋にひびが入り、手当てを受けて先に帰ったので説教をまぬがれた。

「ほんとはあいつが騒ぎの元凶なのだ。おれは受けて立っただけなのに、張本人のように言われて間尺に合わん」

外へ出ると、市之丞はさっそくぼやいた。骨つぎが来たときに、ついでに傷口に膏薬《こうやく》を貼ってもらったので、市之丞はかなり凶悪な人相になっている。

「比丘尼町に行くか」

と隼太は言った。

「ほかに話もあるし。しかし、その顔じゃ女にはもてないだろうな」

「そんなことはかまわん。金はあるのか」

「ある。酒代はおれが持つ」

「よし、それじゃ行こう。今日はおれも頭に来た」

と市之丞が言った。膏薬を貼った傷口が腫れて来て、でこぼこして見える市之丞の顔を見ながら、隼太は聞いた。

「きっかけは何だったんだ?」

「きっかけなんかあるものか。稽古をつけてやると言われて、お相手しているうちに、あの始末だ」

「おまえは眼をつけられているんだ」

と隼太は言った。

「少し慎まぬといかん。言うことは生意気だし、竹刀を持たせれば、流儀にない技を使う異端児と思われているのだ」

「なあに、そう思うのはあの二人の小姑根性だよ。甚五郎も又市も、おれやおまえに追いつかれるのがこわくて、折あらば叩こうとするのさ。度量のせまい連中だよ」

市之丞は、齢から言っても三つか四つは上になる先輩剣士を、平気で呼び捨てにした。

「しかし、今日は気持ちがよかった」

市之丞は膏薬貼りの顔をゆがめた。笑ったつもりらしかった。そして声をひそめて言った。

「甚五郎をぶっ飛ばしてやったからな。これでむこうも懲りて、当分は手出しをせんだろう」

「それはわからんぞ。今度は中根さんに狙われそうだから、なるべく近づかないことだ。わかっているだろうが、技はあのひとの方が粘っこいぞ」

「わかっているとも、なに、そのときはそのときだ」

まだ気持ちが高ぶっているのか、市之丞はいくらか軽薄とも思える口調で答えると、急に話題を変えた。

「ところで、ほかの話というのは何だ？」

「寺田のことだよ。そのことでおまえと相談したかったが、つかまらなかったな。いったいどこにもぐっていたんだ？」

「……」

「言いたくないのか」

「まあな」

「おかしな男だな、おまえも」

二人は話しながら、裏町から裏町へ抜ける、人通りもあまりない道を歩いて行った。そのあたりは、城から見ると遠く辰巳の方角にあたる古い町と新開の町が入り組んでいる場所で、家の裏にひろい葭原《あしはら》があったりする。そして、そういう土地らしく六斎川が溢れるとかならず水浸しになる町でもあった。

道の両側に並ぶのは、大ていは職人の家で、歩いて行くにつれて、桶のタガを締める木槌の音とか、かんな、鋸を使う物音などが耳に入って来る。だが、町全体が職人町というのではなく、桶屋と曲物《まげもの》細工の家の間に、黒塀のしもた屋や、間口一間半の小さな豆腐屋がはさまっていたり、道から少し入りこんだ路地の暗がりに、蜘蛛《くも》が巣を張るように赤提灯の灯が見えたりする町でもあった。

町はあらまし暮れかけていて、地面に白い靄のようなものが這い、少しずつ動いていた。もう障子の中に灯をともしている家もあり、暗いままの家もあったが、職人の仕事の物音はまだ休みなく聞こえている。一群の子供たちが突然に路上に現れると、微光がのこる空を飛ぶこうもりを追って、またあっという間もなく路地に駆けこんで行った。

「あの晩の帰りに、宮坂の家の前を通ったのだ」

隼太は、あの夜禰宜町の路上であったことを、くわしく話して聞かせた。と言っても、宮坂の後家に手をにぎられたことだけははぶいた。

市之丞は黙って聞いていたが、聞き終わるとすぐに言った。

「たつのすけというのは、先夫の辻辰之助だろうな。しかし、その四十恰好の恰幅のいい男というのがわからんな。はて、何者だろう」

「辻という男は、何か？」

隼太は自分の頭を指さした。

「離縁になって、ここがおかしくなったのかな」

「そうじゃないよ。辻辰之助は宮坂の家に入る前から、おかしいといううわさがあった男だ」

市之丞は隼太よりはるかに、そのあたりの事情にくわしかった。

「あそこも気の毒な家でな。宮坂の当主、つまりあの色っぽい後家さんの父親というのは、十年来寝たきりの病人だ。いつどうなるかわからんという焦りもあって、辻のような男でも婿に入れたらしかったが、うまくいかなかったようだ」

「すると、一蔵などはまともな婿というわけだ」

「そういうことだな」

「それじゃ、一蔵にこの間のことを洩らすのは酷かな。じつを言うと、あの後家さんには内聞にと頼まれたんだ」

「ふむ。しかし事実は事実だからな。辻でない、もう一人の男というのが気になる。元来男ぐせがあまりよくないひとだからな」

「やっぱりそうか」

「いや、その男がどうなのかはわからんよ。だが、そういううわさは耳にしたことがあるんじゃないか」

「ある。ちらっとだがな」

「………」

「じゃ、やはり一蔵に話す方がいいのか」

「ありのままに話したらどうかな。知らんぷりをするよりはいいだろう。話を聞いて、どうするかは一蔵の考え次第だ」

「一蔵を誘って、飲みながら話そうか。おまえもつき合え」

「いいよ」

市之丞がうなずいて、話が一段落したようだった。二人は足軽組屋敷前の、すっかり暗くなった道を歩いていたが、前方に比丘尼町の明るい灯が見えていた。

「ところで、もうひとつ話すことがあったんだ」

と隼太が言った。

「おれにも婿の口がかかったぞ」

「へーえ？」

市之丞は隼太の顔をのぞきこんで来た。

「相手はどこだ？」

「どこだと思う？」

「おれにわかるわけがない。もったいぶらずに言えよ」

「桑山だ。桑山孫助」

「こいつはおどろいた」

市之丞は天を仰ぐようなそぶりをした。

「それで、おまえどうするんだ。受けるのか」

「まだわからん」

隼太は小さい声で言った。

「桑山の娘は醜女だと言ったな。おまえ、ほんとに娘を見たことがあるのか」

わかれ道

一

——しかし、あのときは……。

桑山又左衛門は、わずかに爪先上がりになる道をゆっくり歩きながら、はるかむかしのことを思い出している。

若いころの名前を隼太と言った又左衛門と、又左衛門がこれから会いに行こうとしている相手、野瀬市之丞の二人は、市之丞と平井甚五郎の壮絶な試合があってから数日経った夜、寺田一蔵を比丘尼町に誘って飲んだ。適度に酒が回ったら、隼太が宮坂の家の門前で見たことを話してやるつもりだったのである。

——そのつもりだったのに、話さないでしまったのだ。

又左衛門は頭巾の中で眉をしかめ、辛い思い出に堪える顔になった。若い者のやることは、慎重に考えて行動しているようでも、どこかに軽軽しく上っ調子なものがまじっていることがあるものだ。あのときがそうだった、と又左衛門は思った。

一蔵に、宮坂の後家のことを話してやるのは、友だちのつとめというものだと、若い又左衛門は表向きは義憤めいた考え方をしているつもりだったけれども、内心を言えば、その話を聞かせたときに堅物の一蔵がどんな顔をするか、その狼狽《ろうばい》ぶりをたのしむ気持ちもないわけではなかったのである。その気持ちの中には、悪女という感じが濃く匂うものの、家中では目立つほどに美貌の後家に婿入りする一蔵を、かすかにうらやむ気分も含まれていた。市之丞だって、似たりよったりの気持ちだったろう。

だが、一蔵を比丘尼町に連れ出して、話を切り出してみるとたちまち事情が変わった。話が肝心の夜のことに触れる前に、一蔵の婚約が正式にまとまったこと、一蔵自身が当の相手とすでに顔を合わせて、年上ながら美貌の女をすっかり気にいっていることなどが判明したのである。一蔵をからかう余地などは残っていなかった。又左衛門はいそいで市之丞と目くばせをかわし、さわらぬ神にたたりなしという態度を決めこむことにしたのだった。

一蔵の婚約祝いに切り換えた酒で、三人はしたたかに酔ったのだが、その夜又左衛門も市之丞も、又左衛門が宮坂の家の前で見たことには、ついにひとことも触れないでしまったのである。

本心から一蔵を心配したわけではなかったのだ、と又左衛門は思った。もしあのとき、宮坂の後家のことで真剣に一蔵に忠告していたら、のちのあの惨劇はふせげたのだろうか。その問いは、これまで何度も又左衛門の脳裏にうかびながら、一度も正しい答えを得たことのない問いかけだった。

――要するに……。

爪先上がりの道は終わって、又左衛門はこれまで通り過ぎて来た町よりもいっそううらぶれた感じがする、城下はずれの町に出ていた。歩いている道は、海岸寄りの丘陵の麓にある古刹《こさつ》海穏寺に通じるために海穏寺街道と呼ばれていたが、道幅はせまく、左右の町並みはそろっていなかった。ところどころに百姓家の庭がはさまっていたり、突然にねずみいろに汚れた布に「おやすみ処」と記した旗を立てた茶店が現れたりする。

茶店は、春秋の二度海穏寺をおとずれる大勢の参詣人をあてこんだ店なのだろうが、いまはその季節が終わったのか、曇り日の鈍い光がさしこむ軒下には客らしい者の姿もなく、その奥の障子はしまっていた。

町の中心から遠ざかるにつれて、道の左右には百姓家が多くなった。どの家も庭に取り入れた稲を掛け干ししていた。干してある稲と稲の間に、黄菊が咲いている庭もあった。又左衛門は一度だけ、ひと気のない庭に入って行って、干してある稲の穂を手に乗せてみた。穂が黄熟してよく膨らんでいるのを、執政の眼でたしかめ、指でたしかめる。

――上作だ。

と思った。そういう報告は郡代からも、四郡を取り締まる郡奉行からもとどいていたが、又左衛門は一度は自分の眼でたしかめようと思っていたのだ。

――今年は天気に恵まれたからな。

無人の百姓家の庭から街道にもどりながら、又左衛門はそう思った。梅雨どきには十分に雨が降り、夏は閉口するほど暑く、日が照りわたった。そのあとに二度ほど大風が吹いたが、さいわいに雨が少なく、いまは早稲を取り入れるまでに漕ぎつけたのだ。田にはまだ晩稲が残っているだろうが、あとひと息だった。

ちょうど道にもどったとき、前方から来た商人ふうの身なりの男が二人、百姓家の庭から出て来た又左衛門を見てあっけにとられた顔をし、ついで会釈を残してすれ違って行ったが、道にはほかに人影はなかった。そして小さな橋が見えて来た。小滝川にかかる橋で、その橋をわたると、先は村となり野となる。小滝川は町の西の際をなぞるようにして北上し、そのままずっと北の野まで流れて行って、そこで六斎川と合流するのである。

橋の手前で、又左衛門は街道から左に折れる小道に入った。川べりの芒《すすき》や灌木と百姓家の生け垣にはさまれた小道をたどって行くと、やがてあたりは人家も見えない雑木林に変わった。そして道はそのあたりからやや広くなって、突きあたりに石柱だけの寺門があるのが見えて来た。光明院という寺である。

門を入って、紅葉した落葉が散らばっている石畳を踏みながら、又左衛門は頭の山岡頭巾を取った。一度足をとめて、鋭い眼であたりを見回した。人影もなく物音もしなかった。本堂は萱ぶきの軒が垂れさがって、正面の扉は灰色の木肌に緑青《ろくしょう》が吹き出したような青い黴《かび》を点点とつけたまま、固くしまっている。

光明院は真言宗で、藩政初期に藩祖を補佐して勢力があった藩主家の一族某が加《か》持祈禱《じきとう》を行う祈願所として建てた寺である。だが、いまは時代が変わって、檀家というものを持たない寺はひどく荒れて見えた。

依然としてひとの姿も見えず、何の物音もしなかったが、かすかに火を燃やす匂いがただよい、見ると、庫裡《くり》の軒下にうす青い煙が這っている。又左衛門はそちらに回ろうとした。前庭を横切って庫裡に通じる低い石の坂をのぼりかけたとき、うしろから、もしと声をかけられた。

又左衛門は石の坂にかけた足をもどして、ゆっくり身体を回した。すると本堂の横手にある鐘楼の陰に、光明院の住職が立っているのが見えた。徳栄という名前で、六十を過ぎているはずの住職は、何をやっていたのか襷がけで、ふだん着の袷《あわせ》の袖から細い腕をむき出しにしている。

「これは、ご家老さま」

徳栄は振りむいた又左衛門を見て一礼したが、べつにおどろいた様子もなく、顔にはうす笑いのようなものをうかべていた。

「やあ、お住持」

又左衛門は徳栄に近づきながら言った。

「お丈夫で何よりだ」

「いえ、あまり丈夫でもありませぬ」

徳栄和尚のうす笑いが、はっきりした笑顔になった。明朗な笑顔ではなく、腹に一物ありげな顔に見えた。

「ただ大病を煩わないというだけでございます。ご承知のように、ご祈禱料をつぎつぎと削られては、うっかり病気になって医者どのの厄介になったりしたら、つぎは喰い物に窮しますのでな」

「ふむ」

又左衛門はそっぽを向いた。

光明院を建立した藩主家の一族は、その後徳川家の旗本に召し出され、江戸に常住するようになると国元とはすっかり疎遠になってしまった。そして三代ほど経たころに、光明院を廃寺にする話が出たのは、その一族にとって、もう国元で祈願を行うこともなくなったことと、もはや無縁となった光明院に約束した年二十石の祈禱料を払いつづけるのを惜しんだという事情だったろう。

しかしそのときは、光明院の由緒を知る時の藩主家が、その祈禱料を肩がわりすることにしたので、寺はあやうく廃寺となる運命をまぬがれたのだが、その後家中藩士から一年分の禄米、扶持米を取り上げる御賄いの非常措置があって、それが行われた寛保元年には、藩は光明院の祈禱料名義の扶持を半分の年十石に削ったのであった。由緒を惜しんだだけで藩主家の祈願所はべつにあったから、藩財政の窮迫にともなう当然の措置とも言えた。

だが、このときの措置は、当時もう光明院の住職だった徳栄には受け入れがたい不満、屈辱となって残ったようだった。藩の事情は眼に入らず、自分の代になって寺がさびれたと、一途に思いこんだようである。

徳栄はその後、折に触れて祈禱料を旧にもどしてくれるように、執拗に藩に嘆願を繰り返して来たのだが、およそ八年ほど前に、今度は徳栄自身が、年貢に不満を持つ黒川郡の百姓三千人が城下の日枝神社境内にあつまって藩に強訴《ごうそ》を企てた一件に関連したために、光明院の祈禱料はさらに半減されて年五石となったのである。

百姓たちが持っていた訴状が、光明院住職の書き上げたものと判明したためで、今度の減石には懲罰の意味が含まれていた。

徳栄が黒川郡の百姓の強訴に関係したのは、単に祈禱料名義の扶持米が、黒川郡滑井村からとどけられるという、それだけの縁で、いわば頼まれ仕事で訴状を書いたに過ぎなかったのだが、執政たちを怒らせたのは、その訴状に籠められている怨《えん》嗟《さ》の声だった。執政たちは、そこにのべられている藩に対する怨みごとから、祈禱料を半分に減らされた光明院住職の私怨の声を聞きつけたのである。

そのときの強訴は、結局は藩の説得で不発に終わったので、藩では城下に入りこんだ百姓三千人を深くは咎めない方針で事態を収拾した。罪人は、主謀者とされた男たち八人の中から、半月の戸閉め二人、十日の慎み三人を出しただけで、ほかは構いなしとされた。そのゆるい処分の中で、光明院の祈禱料半減はきびしい措置とみられたが、執政たちは強訴にかこつけて藩に私の怨みをのべた光明院をつら憎いと感じたのである。

その強訴処分に、又左衛門は中老として加わっている。光明院の住職徳栄はそのことを知っていて、又左衛門に皮肉を言っているのだった。

又左衛門は、その皮肉に気づかなかったふりをした。執政たちは、徳栄を拗《す》ね者とか、ひねくれ者とか評判していた。かりかりに瘦せた、それでいて皮膚は日に焼けていかにも丈夫そうな徳栄の身体つきや顔は、その評判にふさわしいものだった。そのひねくれの根のところに、百年余にわたって藩主家の一族によって庇護されて来た寺という誇りがある。へたに刺激しない方がよさそうだった。

「そこで、何をしておられる、お住持」

又左衛門はそばに寄って行った。するとそれまで見えなかった、鐘楼の裏側の崩れが眼に入った。

石組みが傾いて、かなり外側にとび出しているのを、そばに太い杭を四、五本打ちこんで押さえてある。

これです、と言って徳栄和尚はとび出した石を指さした。

「今年の梅雨の長雨のときに、土が流れ出しまして、この有り様です」

「かなり崩れておるな」

と又左衛門は言った。

「これは、近所の百姓でも頼んで、石を組み直してもらうほかはなさそうだ」

「しかし、ひとを頼めばそれも金ですからな」

徳栄はまだ皮肉を言っていた。

「この杭は？　まさか、ご坊が打ったのではあるまい」

「野瀬さまの仕事ですよ」

と徳栄は言った。いかにも心安そうな言い方だった。

——市之丞の仕事か。

と又左衛門は思った。手で頭をにぎって押してみたが、杭は微動もしなかった。掛け矢で地中深く打ちこんであるのだ。やつめ、五十を過ぎて大変な膂力《りょりょく》ではないか、と又左衛門は首筋のあたりをうそ寒いものに吹かれたような気がした。そんな男と果たし合いなどしたくはなかった。

「野瀬さまは、これで十分だと言いますが、問題は雨ですな。盛り土が流れ出すと鐘楼全部が傾きかねません」

「市之丞はおるかの」

出しぬけに、又左衛門は言った。

「いや、ここにいるのはわかっているのだ。わしが、話があって来たと伝えてもらいたい」

「野瀬さまはおりません」

と徳栄が言った。にべもない言い方をし、へちまのような長い顔にまたうすす笑いをうかべた。

「いない？　出かけたのか」

「はい」

「いつもどる？」

「さて……」

徳栄の笑いが少し大きくなった。だが、眼だけは笑わずにじっと又左衛門の表情を窺っている。

「当分は、もどるとは思われません」

「……」

「今朝がた、多分ご家老のお屋敷の方ではないかと思われるおひとが、門のあたりをうろついておられましたそうで。それを見た野瀬さまは、あとでかならずご家老がみえるだろうから、わしは出かけると申して出て行きました」

「つまり、わしに会いたくないというわけだな」

「そうは申しませんでしたが、そういうことでございましょう」

徳栄は笑いをひっこめたが、そのかわりに鼻のあたりにひとを小馬鹿にしたような皺を寄せた。眼は相変わらずつめたく又左衛門を凝視している。

又左衛門も、ひややかに見返した。

「市之丞に、事情を聞いているのだな」

「はい、あらましは」

「ふむ」

又左衛門はうつむいて足もとを見つめたが、顔を上げると、不意に乱暴に言った。

「やつの居所を知らんか、坊主」

「……」

徳栄は無言で首を振った。満面にうれしそうな笑いがひろがった。

「知っているが言わぬという顔だな」

「とんでもありません。ほんとに存じませんので」

「まあ、よかろう。じゃました」

又左衛門は背をむけた。石畳の道に出て振りむくと、徳栄が本堂の前まで出てこちらを見ていた。ひとの災難を喜んでいるような、うす笑いのその顔に、又左衛門は鋭い眼をそそぎながら声を投げた。

「なるほど、市之丞がこの貧乏寺に喜んで来るわけが飲み込めたぞ。拗ね者二人、よく似合うわ」

「さようですかな」

「くそ坊主め」

と又左衛門は罵《ののし》った。

「どうやら今度の果たし合いさわぎをうれしがっている様子だが、たとえ負けても、貴様に供養などは頼まぬ。勘違いすな」

「これはこれは、ご家老のお言葉とも思えぬ品のない言われ方ですな」

貧乏寺、くそ坊主と言われて頭に来たか、徳栄も甲高い声で罵り返して来た。

「百三十石上村の、お里が知れますぞ」

しかし、どこかで市之丞をつかまえぬことには埒《らち》あかんぞ、と街道の方にもどりながら、又左衛門は思った。

――むかしなら……。

こういうときは誰かが間に入って、何となく話をまるくおさめたものだ。又左衛門と市之丞の果たし合いなどというものは、誰も承服すまい。だが寺田一蔵はすでになく、杉山鹿之助とは二度とまじわりがもどることはないだろう。そして三矢庄六は……。

庄六は二十石の薄給を守るのに汲汲としている小心な男だ。庄六はそっとしておけ。

――いったいいつから……。

かつての仲間が、こんなにばらばらになってしまったのかと、又左衛門は一瞬寂寥《せきりょう》の思いに胸をつかれて足をとめた。そこは橋のたもとで、橋のむこうに直立する稲架の列が見えた。そこに淡い日が射しかけているのは、いちめんの雲が西の方から切れはじめたのである。又左衛門は凝然と低い日を眺めた。

——あのときからだろう。

又左衛門はある光景を思い出している。

杉山鹿之助が仲間を初音町の茶屋に誘ったのは、寺田一蔵が婿入りした翌年の春だった。

「今夜、ひまか」

道場の稽古がそろそろ終わるころになって、そばに来た杉山鹿之助がそうささやいた。隼太は稽古をつけてやっていた沼田という少年に、軽く手をあげて竹刀をひくと鹿之助を振りむいた。

「ひまだよ。おれはいつだってひまだ」

「よし。それじゃここが終わったら、ぶらぶらと初音町の『小菊』まで来てくれないか。少し話がある」

「おれだけか」

「いや、いつもの仲間にあつまってもらおうと思っているのだ」

「そうか」

「今日はめずらしく寺田が来ている」

鹿之助は道場の一角にちらと眼をやってからつづけた。

「ちょうどいいおりだと思ってな」

「しかし、『小菊』か。あそこは高いだろう」

「いや、今夜のかかりはおれが持つ」

「おごりか。よっぽど大事な話らしいな」

隼太は微笑した。

「わかった。行く」

鹿之助は軽くうなずいて背をむけた。見ていると、今度はもう着替えて道場の隅で稽古を眺めている三矢庄六の方に行く様子だった。

その背をちょっと見送ってから、隼太は相手の沼田に声をかけ、さっきの型をもう少しやるぞと言った。

鹿之助が、今夜のあつまりに庄六も除外せずに誘うとわかって気持ちがよかった。いまは藩政の主流からはずされていると言っても、鹿之助は千石の家の跡取りである。三十五石の家の部屋住みである庄六とは、あまりにへだたりがあった。

市之丞が言うように、上士は上士、下士は下士、住む世界が違う、とは思わないまでも、隼太は時おり鹿之助と庄六の間に横たわる懸隔《けんかく》のはなはだしさが気になることがある。気にするのは、気持ちの裏側に、身分などにはかかわりないまじわりとしてつづいて来た仲間づき合いが、変な形でこわされたくないという願望があるからに違いなかった。

だが杉山鹿之助は、そういう意味ではかなり出来た男なのだ。身分の差がまるっきり念頭にないなどということは、まずあり得ないと思われるのに、隼太が危惧するような態度を仲間に示したことは一度もなかったのである。

――性根がしっかりしているからだ。

隼太はいまもそう思いながら、沼田をうながすとはげしい気合をかわし、竹刀を八双に構えた。

二

鹿之助はひと足先に道場を出たので、残された四人は稽古が終わってから誘い合って一団となり、青柳町から初音町にむかった。その通りは城下の目抜き通りで、南から北へ肴《さかな》町、青柳町、初音町とつづくのだが、肴町、青柳町にくらべて初音町の通りは短い。

だがそれは見かけだけのことで、町の奥行きの深さをいうと、目抜き通りを占める三つの町の中で初音町が一番なのである。初音町は大きな町である。目抜き通りに顔を出しているのは町のほんの一部でしかなく、しかもそれは初音町のほんとの顔ではなかった。ほんとの顔はべつにある。

六斎川にかかる橋にむかわずに、初音町に入ったところですぐに右に折れる小路に入ると、道は町裏を抜けて、やがて幅三間半から四間ほどの掘割につきあたる。掘割は、六斎川と城下のはるか東を流れる戸部川をつなぐ水路である。

その掘割に沿う道を東にすすんで行くと、町はいったんは粗末な長屋やくすんだようなしもた屋がならぶ陰気くさい景色に変わるが、そこを通りすぎるころから、堀ぞいの土堤《どて》には桜の巨木がならびはじめ、やがてその奥に、忽然と小料理屋、料理茶屋が軒をならべるにぎやかな遊所が現れる。もっと奥には遊廓もあって、脂粉の香りをまとった女たちが、いそがしく行き来しているのだった。

四人は町裏の小路を抜けて、掘割のそばの道に出た。そこまで行くと、すでに盛りをすぎてわずかに残る桜の花が、日暮れの光の中に繭《まゆ》のように白くうかんでいるのが見えて来る。

「初音町の景気は、近ごろどうなのかな」

隼太が言うと、市之丞がいつものくせで冷笑するように言った。

「おまえさんに心配してもらうほどのことはなく、けっこう繁昌しているらしいぞ」

「しかし、商人のことは知らんが、藩がこう金づまりでは上士といえどもむかしのように初音町通いというわけにはいくまい」

「そんなことがあるもんか。一度翁橋の船宿に聞いてみろ」

市之丞は一蹴するといった口調で言った。

「初音町通いの舟の数などというものは、めったに減りはせんのだ。おまえは楢岡あたりの話を鵜のみにして、領内から金が消えてしまったように思っているかも知れんが、ちと考えが甘いな。金などというものは、あるところにはいつの世にもあるのだ」

「われわれの家にないだけか」

と庄六が言った。

「そう、そう。庄六も内職が大変だろう」

市之丞が半ばふざけて言った。

「はやく、一蔵のような婿入り口を見つけることだな」

「そう言えば寺田は……」

隼太は一蔵を振りむいた。

「大丈夫か。うまく行っているか」

「大丈夫さ。な？」

一蔵が答えるより先に、市之丞が口をはさんだ。

「おれは今日、ひさしぶりに一蔵に会って、肌の艶がいいんでおどろいたよ。うまく行ってるどころじゃない。年上女房にかわいがられているんだ、こいつ」

「いや、いや、いや……」

一蔵は吃《ども》って、手を振った。弁明したいが、うまく言葉が出て来ないというふうに見えた。その顔をのぞきこみながら、隼太が言った。

「そうかな。おれは一蔵は前より瘦せたように思ったんだが……」

「そんなことは心配いらんさ。夫婦仲がうまく行っている証拠だ。そうだろ？」

「いや、いや、違う」

やっと一蔵が言った。

「城勤めが、きつかった。馴れるまでは大変なものだ。ぶらぶらしていたときのようなぐあいにはいかぬ」

「夫婦仲の方はどうだ、おい」

市之丞がしつこく聞いた。

「そっちのことも話せ」

「可もなし、不可もなしだな」

「可もなし、不可もなしだって」

市之丞が毒気を抜かれたように言い、あとの二人はどっと笑った。

「一蔵。おまえ、おれを愚弄しているんじゃあるまいな」

「愚弄など、せぬ」

寺田一蔵は落ちついて言った。その様子を眺めながら、隼太が言った。

「不思議なものだな。寺田は以前にくらべて、人間に落ちつきが出て来たように見える」

「そりゃ、おまえ。一蔵は自分の所を得たからさ」

と市之丞が言った。

「まだ所を得ずにうろつき回っているわれわれとは、少し違って来るのが当然だ」

「しかし婿入りして宮坂一蔵になってから、まだ半年足らずだぞ。そんなに急に変わるもんかな」

「変わるさ。家があって女房がいる。五十石の家を保って行くための城勤めがある。そうなれば、男は変わらざるを得んさ。な？　一蔵」

「おれはべつに、変わらぬつもりだが」

「いや、なにしろ血色がよくなったよ」

市之丞は少し軽薄な口調で言った。

「隼太なんかも、去年のあの話があったときに身を固めるべきだったかな」

「古い話はよせ」

と隼太は言った。

「あれは正式に縁組として持ちこまれた話じゃなくて、ただの打診だった。先方はあちこちと打診して回っていて、たまたまその打診におれの名前も入っていたというだけのことだ。ひとをばかにしやがって」

「何の話だ？」

と一蔵が訝しそうに隼太を見た。隼太にその話が持ちこまれたころは、ちょうど一蔵の縁組がまとまった時期と重なっていて、一蔵だけはその話を聞いていないのだった。

市之丞が、その話をひきとった。

「いや、去年の秋には隼太にも婿の口がかかったのだ。相手は桑山孫助の娘だった」

「ほう、例の……」

と言って、一蔵はちらと隼太の方を見た。

例の、と言うのが郡代になるというううわさがある孫助のことなのか、それとも仲間のあいだに桑山の家の話が出たとき、市之丞が桑山の娘たちは姉妹そろって醜女《しこめ》だと言ったことを指したのかはわからなかったが、いずれにしても一蔵は、その話をうらやむようなそぶりはちらともみせなかった。

多少吃り癖のある口調で、平静に聞いている。

「それで上村はことわったのか」

「ことわった」

と言って、今度は市之丞がならんで歩いている隼太の顔をのぞいた。

「隼太はさっき、あんなことを言ったが、事実はどうだか」

「おい、おい、何のことだ」

隼太が言うと、市之丞ははっきりと意地悪そうな笑顔になった。

「おれがにらんだところでは、隼太は性懲りもなく、まだ胸の中で楢岡の娘をあがめまつっているように思える。つまり、あの千加どのがどうなるのか、その結着を見とどけないうちは、婿に行く気にはなれんという話さ」

「また、くだらん当て推量を言っているぞ。寺田、市之丞の言うことなど聞くなよ」

「当て推量なものか。隼太は杉山に楢岡の屋敷に行こうと誘われると、ことわったことがないじゃないか」

「みんな、まだ楢岡さんのところへ行っているんだな」

一蔵が、はじめてうらやましそうな顔をした。

「ひとり者は、自由でいい」

「ちぇ、急に所帯じみたことを言いなさんな」

と隼太は言ったが、そこで気がついて一蔵の顔をのぞきこんだ。

「これから飲むと、かなりおそくなるが大丈夫なんだろうな。奥方が、焼きもちを焼いておまえをひっかくなんてことはないのか」

「ばかな」

一蔵は苦笑して隼太を見た。

「婿だからといって、べつに小さくなっているわけじゃない。それにお類はおとなしい女だよ」

「や、ごちそうさま」

隼太は言って、すばやく市之丞を見た。市之丞も隼太を見ていた。

一蔵はうまく行っているらしいと隼太は思い、あらためて、あのときは変なさし出口をしないでよかったのだと胸をなでおろす気持ちだった。それに強い衝撃を残した秋の夜のあの出来事も、いまになってみるとはたしてあったことかどうか、記憶もさだかでないほどに色彩がうすれてしまっている。

「桑山の家は百八十石だろ」

急に庄六が口をきいた。ほかの仲間よりも頭の回転がおそい庄六は、まだ隼太がことわった縁組のことを考えつづけていた様子である。

「それをことわるとは、上村ももったいないことをしたものだ」

「かわりにおまえが行くか、庄六」

市之丞がからかった。

「しかし、よく考えた方がいいぞ。娘は醜女だと言うし、おやじは家中きってのやかまし屋だからな。おまえも一度見ただろう、あのしぶいつらを？」

と言ってから、市之丞はそこでふと気づいたというふうに隼太を見た。

「そう言えば、桑山の婿は決まったのか」

「いや、まだ決まらんという話だな」

「ふむ。むつかしい家だからな」

市之丞は首をひねって、また庄六に話しかけた。

「高のぞみはしない方がいいぞ、庄六。人間のしあわせは禄高で決まるものじゃないからな。一蔵をみろ。しあわせそうな顔をしているじゃないか」

「いや、べつにおれが行きたいというのじゃないよ。おれは上村の話をしているのだ」

庄六が抗議したとき、一蔵が着いたぞと言った。半町ほど先に、はやくも灯にいろどられた歓楽の町が、まぶしく口をひらいているのが見えた。

城下で一番のこの歓楽の町では惜しげもなく灯を使う。空にはまだ薄明かりが残っているというのに、町の大通りにも舟着き場にもまぶしいほどに灯がともり、その灯の下をいそがしげに人が行き来しているのが見える。舟の客が着き、船頭の手を借りて岸に上がるところも見えた。

今年は時期が過ぎて取りはずしてしまったが、桜が盛りのころは、町では掘割ぞいの桜の木にまで行燈をかけつらねるので、四人がいま歩いて来た道は、毎年夜桜を見る客でごった返すのである。季節が過ぎたいまは、道は暗く、時おり桜の花びらが頭上から落ちて来るだけだった。

四人は暗い道を出て、まぶしい夜の光の方にゆっくりと歩いて行った。

「比丘尼町とは、えらい違いだな」

「どうもここに来ると、気圧される感じになる。財布の関係かも知らんが……」

「いや、それだけじゃなかろう。要するに客種が違うのだ。ここは部屋住みがうろつく場所ではないと、まわりがそういう眼でおれたちを見る」

「それはどうかな。気のせいだろう」

「気のせいでなんかあるものか。事実だ。その証拠に、むこうから来る二人を見ろ」

市之丞の声に、あとの三人は舟着き場から来る人影の方を見た。料理茶屋「橘屋」の出迎えの者だろう。提灯に「たちばな」と記した中年の男が先に立ち、そのあとに身なりのりっぱな武家二人がつづいて来る。

そのまま歩いて行くとその二人に町の入り口でぶつかりそうなので、四人はさらに足どりを落としたが、暗い道から現れた若者たちの姿はむこうにも見えたらしく、一人が射るような眼をこちらにむけて来た。もう一人は、提灯をさしかける迎えの者と、何か言葉をかわしながら歩いて来る。

突然に隼太は、胸が高い動悸を打つのを感じた。「橘屋」の使いと話しながら近づいて来る恰幅のいい男こそ、禰宜《ねぎ》町の宮坂、いまの一蔵の家の前で見た正体不明の男だったのである。

隼太は思わず、並んで歩いている市之丞の腕をつついたが、むろん市之丞に隼太のおどろきがつたわるはずはなかった。市之丞は隼太を振りむくと、小声で言った。

「見たか。うさんくさい連中が歩いているという顔で、こっちをにらみながら行ったろうが」

「いまの二人、誰かわからんか」

隼太は、自分たちの前を横切るようにして、大通りに入って行った男たちを見送りながら言ったが、市之丞は興味なさそうに知らんと言った。隼太は振りむいて一蔵の顔を見たが、一蔵も顔を横に振った。

「やっぱり、比丘尼町の方が落ちつくな」

明るい町に入って行くと、三矢庄六が萎縮したように言った。

「あそこは愛想はないが、こっちの勝手にさせてくれるからいい」

「そうそう、客を品定めするという感じはないな」

「部屋住みがどうこうというよりも、ここはやっぱり上士が飲む町だよ。杉山も身分は部屋住みだが、ここではちゃんとサマになっているからな」

「杉山といえば、今夜はいったい何の話があるんだ？」

「さあ、そいつは本人に聞かなきゃわからんな」

市之丞とほかの二人が話しているのをぼんやりと耳にとめながら、隼太はさっき町の入り口で見た男のことを考えていた。一蔵も知らないというからには、あの男はその後宮坂の家を訪ねていないのだと思った。

三

料理茶屋「小菊」は表通りに懸け行燈を出しているものの、門を入ってから玄関までの植え込みの間の道が長く、いかにも奥行きが深い感じをあたえる大きな料理屋だった。浜から直接はこんでくる魚がうまく、城下全体を眺め回しても繁昌ぶりは五指に数えられる店で、また家中上士や富裕な商人たちが、よく密談に使う場所としても知られている。

一蔵をのぞいて、ほかの三人はその日どこに行くあてもなかったので、羽織を着ていなかった。多分そのせいだろう、玄関を入ったところで四人は、案内の男衆の、ひょっとしたら店を間違えたのじゃありませんかという眼にむかえられたが、隼太が杉山鹿之助の名前を言うと、男の態度はころりと変わった。

揉み手の男衆に案内されて、四人は「小菊」の奥に通った。途中、中庭のそばを通り抜けたとき、庭のむこうに離れ座敷が三つほどあるのが見えた。どの座敷も赤赤と灯がともっていたが、障子はぴたりとしまっている。

「ああいうところで……」

市之丞が、隼太の脇腹をつついた。

「いずれ、密談などというものをやる身分になってみたいものだ」

「自前の金でな」

隼太もささやき返したが、突然に何の脈絡もなく、頭の中に楢岡の千加の顔がうかんで来るのを感じた。

「密談も、ぎすぎすした政治向きの話よりは相手は佳人などというのがいいな」

「何だ、おまえ。好色なことを言うんじゃないぞ」

「しかし、なまめかしい夜だ」

「軟弱なことを言うな」

市之丞が大きな声で言ったので、うしろから来る一蔵と庄六がしのび笑いをした。

夜気はあたたかく、四人が歩いて行く中庭ぞいの廊下には、濃い花の匂いがした。暗くて見えないが、おそらく庭に何かの花が咲いているのだろう。どこかで籠ったような三味線の音がしているのは芸者が来ているのだと思われた。遠くの部屋で、大勢の声がどっと笑うのが聞こえ、小行燈を手に提《さ》げた女が、渡り廊下を走るようにして離れの方に行くのが見える。

市之丞は軟弱だというが、ここは物ことごとくがなまめかしい気分の中にただよい揺れている別世界だと、隼太は思った。

「こちらでございます」

案内の男衆が、振りむいて言うと廊下にひざまずいて襖を開けた。明るい光が四人を照らし、その明かりの中から杉山鹿之助が立ち上がって来た。

「さあ、こっちに入ってもらおう」

鹿之助は笑顔で言った。ひょっとしたら、ほかにもひとがいるのではないかという気がしたのだが、部屋にいるのは鹿之助ひとりだった。

四人が部屋に落ちつくとすぐに、待っていたように酒肴がはこばれて来て、やがてはこび役の女中の中から二人だけが残ると、手ぎわよく酒を酌して回った。

酌取りはどちらも大年増だったが、さすがに評判の高い「小菊」の女だけあって、二人とも化粧ばえのする美人で、身なりも垢抜けていた。庄六などは固くなって、銚子をむけると、少しお楽になさいましなどと言われている。

「こんなに馳走になっていいのか」

膳の上を見回しながら隼太が言うと、鹿之助はやはり笑顔で、遠慮せずにやってくれと言った。そしてつけ加えた。

「おごりのわけはあとで話す」

「何か知らんが、めでたいことがあるらしいぞ」

と市之丞が言った。

「じゃ、遠慮せずにいただくことにしよう。どうせ杉山の家は金がうなっているのだから、気兼ねすることはないんだ」

「そう、そう」

鹿之助はのんびりと笑っている。市之丞の前ににじり寄った酌取りが、こちら、おもしろいお方と言って、市之丞に銚子をむけた。それで、みんながくつろいで盃をあけた。

「あまり酔いがまわらんうちに、話の方を先にしてしまおうか」

酒が一巡したところで、鹿之助がそう言った。すると、先に言いふくめられていたとみえて、酌取りの女二人が目くばせをかわしてすっと立つと、部屋を出て行った。

「いや、飲みながら聞いてもらっていいのだ。そう改まらんでくれ」

みんなが一斉に鹿之助を見たので、当人はいくらか照れた表情でそう言った。

「じつは今度、家督を継ぐことになった。明日、正式に藩の方に願いを上げる」

「ほう」

市之丞がすばやく鹿之助の顔を見た。

「いよいよ一千石の当主というわけか」

「一千石と言っても、藩の主流からはずされている貧乏千石だよ」

鹿之助が苦笑した。

「ただ、おやじが身体が弱って来たし、いまのうちに家を継いで城にものぼり、藩政のありようなども眺めておく方がいいと言ってくれるひともいてな。急に決まったことだ」

「……」

「みんなに話したかどうか忘れたが、おやじが家老を勤めたころは、おれも小姓組で城にのぼっていたんだ。しかしおやじが執政から追われると、すぐに組からはずされた。あれは屈辱だったが、家を継げば今度はひさしぶりに城にのぼることになる」

「それは、まあ、よかったじゃないか」

と隼太が言った。

「めでたいことだ」

「城にのぼると言っても、月に一度詰の間に入って、殿が在国ならご機嫌をうかがい、あとは執政から諮問があれば答えるというだけのことだ。しかし事実は諮問などというものはあったためしがないと言って、おやじは病弱を理由にずっと登城を避けて来たが、家督を継いだら、おれは何はともあれ登城するつもりだ」

「その方がいい。そうでないと杉山家の名前が忘れられてしまう」

と市之丞が言った。鹿之助はうなずいて、そこでだと言った。

「家督を継ぐと言っても、公式にはそんなものだが、裏の人づき合いとか、あまり目立たない雑用とかで、身のまわりが急にせわしくなりそうなのだ」

「……………」

「それで、正式に相続がみとめられたら、道場の方はいったん休むことにする。ずいぶん世話になったが、みんなともしばらくはお別れということだ。むろん、屋敷の方に遊びに来てくれるのはいっこうにかまわんが、一応はこのあたりでひと区切りつけるべきだろうと思ってな」

「そうか。それはさびしくなるじゃないか」

と市之丞が言い、ほかの者は黙ってうなずいた。鹿之助は軽く頭をさげた。

「いたらないおれを、よくひき回してつき合ってくれた。おれは剣の方はさっぱりのびなかったが、みんなとのつき合いは忘れぬ。今夜はその挨拶のつもりで一席設けたのだから、存分にやってくれ」

「お互いさまだがな」

隼太が言ったが、市之丞は手を振って盃に酒を満たし、それを手に持った。

「いいじゃないか。杉山はわれわれと違って、代代家老の家柄の跡取りだ。前途は必ずしも平坦とは言えまい。杉山の門出をはげます意味で、今夜はしこたま飲めばいいんだ」

「そう、そう。それでいい」

鹿之助は笑った。みんなは改めて盃を掲げ、口ぐちにしっかりやれとか、がんばれとか言って盃を干した。

「ところで、裏の人づき合いとは、どういうことだ」

隼太はさっきから胸にひっかかっていたことを、鹿之助にただしてみた。

「おれには、何か意味ありげに聞こえたのだが……」

「ああ、そのことか」

鹿之助も、ゆっくりと盃をあけていた。

「大きな声では言えぬが、家中にはいまの執政たちの施策に慊《あきた》らない気持ちを抱く者も、少なからずいるらしくてな。そういう連中が時どきおれをたずねて来る」

「何を言いに来るのだ。その連中は？」

「要するにいまの執政たちは、どこからか金を借りる道をつければ、それを手柄のようにして藩の台所をやりくりしているだけで、やっていることは真の藩政からほど遠いというのだな」

「おい、おい、大丈夫か」

市之丞が口をはさんだ。

「部屋住みの間はいいが、一千石の当主が藩政を批判したということになると、事はただではすまないぞ。杉山鹿之助は芽のうちに潰されるおそれがある」

「大丈夫だ。おれは藩政を批判したりはせぬ」

鹿之助はにこにこ笑いながら、市之丞を見ている。

「黙って聞いているだけだ」

「貴様の意見をもとめたりはしないのか」

「そういう人間も、中にはいるな」

「あぶない、あぶない」

市之丞は顔をしかめて、隼太を見た。同意をもとめる顔色だった。隼太にも市之丞の気持ちがわかった。市之丞は、家督を継ぐとか継がないとかいう時期にある鹿之助が、はやくもそういう政治向きのつき合いに足を踏みこんでいるのを軽率だと思っているのである。

「そういう話を持って来る連中の中にだ」

市之丞は手もとの盃に酒をつぎながら言った。

「執政側の回し者がいないとは限るまい。軽軽しく意見を吐かない方がいいぞ」

「大丈夫だと言ったろう」

鹿之助は相変わらずにこやかに笑っていた。

「野瀬が言うとおりでな。事実、こいつは誰かの回し者じゃないかと思われるような男も、たまには来る。だが、おれは藩政批判はせぬ。執政たちのことを、うんとほめてやるのだ」

「へえ？」

「誰がやってもこれ以上のことは出来ぬ、執政たちはよくやっている、というぐあいにな。いまはまだ、本音を言う時期でないぐらいは、おれにもわかっているさ」

「それがわかっていれば心配はない」

市之丞が、いばった口調で言った。すると斬り返すように鹿之助が言った。

「しかし、ここでなら少しは本音を言ってもいいだろう」

「そりゃ、かまわんさ」

隼太が言い、な？　とみんなの顔を見回した。市之丞はすぐにうなずいたが、庄六は怖じたように眼をみはり、持っている盃を膳にもどしてしまった。

寺田一蔵は黙ってうつむいていたが、やがて顔を上げると少し吃りながら言った。

「おれは、毎日城にのぼっているから、こういう話は聞かぬ方がいいのかも知れん。今夜は、遠慮すべきだったかな」

「だまれ、一蔵」

と市之丞が言った。

「杉山は、今夜われわれ仲間にだけ話したいことがあるらしいのだ。聞けばいいじゃないか。聞いたあとは、お互いに他言無用にすればよい」

「杉山が今日、こうしてわれわれを呼んだのは、おまえがひさしぶりに道場に出て来たからだぞ。そのおまえが抜けるわけにはいかんだろう」

と隼太も言った。

「聞くべきだ。聞いたあとは、たとえ拷問に会おうとも他言しなければいい」

「わかった」

「話が少し、大げさになって来たようだな」

鹿之助が苦笑した。だが、鹿之助はすぐに笑いをひっこめ、低い声で話し出した。

「いまの殿が家督を継がれたのが、いまから八年前、はじめて国入りされたのが一昨年の六月だ。殿はそのときまだ十八歳であられた」

「……」

「その国入りの道中で、福島宿の一件というのがあったのを聞いているか」

「さて、ちらと耳にしたようでもある」

隼太がそう言っただけで、ほかの者は首をかしげた。

「事は当事者だけの胸におさめて、公にはしなかったので、知るひとは少ないと思うが、行列が福島宿まで来たとき、旅費が尽きて行列が動かなくなったのだ」

「まさか」

「いや、ほんとの話だ」

と、鹿之助が言った。

「事情を言うと、行列が江戸をたつとき、江戸屋敷では福島宿までの旅費しか工面出来なかったのだ。福島から先の分は、国元で調達して福島宿までとどけることにしたのだが、手違いがあってその金がとどかなかったのだな」

朝たつはずの行列が昼になっても動かなかった。そして昼をすぎてもまだ動く気配がないので、当然新藩主からは周囲にたびたび下問がある。

ついに隠しておけなくなって、随行の出納役人の方からひそかに事情を言上《ごんじょう》すると、十八歳の藩主はしばらく黙然と考えに沈んでいたが、やがて、財政豊かならずとは聞いたが、十三万石の分限で国入りの費用が調わぬか、これではわが藩は天下のお役には立てまいと言って暗涙をうかべたという。

「申してははばかりあるが、先代の殿は浪費家であられた。幕府の老中も勤めて幕閣のうち、あるいは他藩との交際がはげしかったということもあるが、一時は湯水のように金を使われ、しかも最後まで財政窮乏の事実にはご理解がなかった。しかし、今度の殿は違うようだ」

「………」

「と申しても、殿はまだお年若だ。いますぐに、どうこうということにはならん。しかし、十年、十五年後には、いまの執政のやり方では、藩政を保って行けなくなるだろう」

「そのときにおぬしあたりが殿をかついで、藩政を一新しようというわけか」

と市之丞が言った。いつもの癖で、こんな場合でもやや冷やかし口調になっている。

「さすがに家柄だな、杉山、われわれとは考えることが違う。規模雄大なものだ」

「いや、杉山はおやじどのが執政の座から追われた無念を、ずっと胸にしまって来たからだ。当然いつかはという気持ちはあるだろうさ。そうだな、杉山」

「まあ、そうだ」

鹿之助は微笑している。いつかは政権を取るということを肯定したのである。そのこともなげな笑顔が杉山鹿之助を大きくみせ、また背後に背負っている家というものの、なみなみならぬ重みまで感じさせるのを、隼太は感心して眺めた。家柄というものも、やはりバカには出来ないものだなと思っていると、鹿之助が言った。

「ま、そういうわけでな。いざというときはおぬしらにも力を貸してもらいたい。これでさよならということじゃなくな」

「それはいいが、われわれじゃあんまり頼りにはならんぜ」

と市之丞が言った。

「もっと力になる連中はおらんのか。つまり、志を同じくするようなやつという意味だが……」

「それはまた、べつにいる」

「ふむ、そうか。そいつは誰だ？」

「ご想像にまかせる」

「ふむ、今度はいやに用心深いな。いや、その方がいいか」

市之丞は盃をあけた。

「もっとも大体の見当はつく。家柄も力もあるが、いまは日があたっていない。そういうところの若手だろう」

「いい見当だ、と言っておこう」

「もう、四、五人もあつまっているのか」

「いや、まだおれをふくめて三人だ」

「ま、しっかりやれ。用があるときは、いつでも呼んでくれ」

市之丞の言葉が、政治むきの話をしめくくった形になって、みんなはそれぞれに盃に手をもどした。座が少しにぎやかになった。

するとまた鹿之助が、聞いてもらいたいことがもうひとつある、と言った。みんなに見られて、鹿之助は少し恥ずかしそうな顔をした。

「例の檜岡の千加どのを、嫁にすることに決まった。祝言は秋だ」

四

杉山鹿之助は、勘定を済ませたあと駕籠《かご》で帰るらしかったが、それはただのぜいたくとも言えない。杉山の屋敷は三ノ丸の西の濠《ほり》ばたにあって、ほかの四人とは方角が違う上に、初音町の盛り場とは城下の端と端ほどにはなれている。

鹿之助を残して料理茶屋「小菊」を出ると、隼太たち四人は、軒なみ懸け行燈がさがっている町を、光を蹴散らすような勢いで、出口にむかった。

「比丘尼町に寄るか？」

明るい通りから抜けたところで、市之丞があとの三人を振りむいて言ったが、その口調は、ほかの者の意見を聞くというよりは、それぞれの胸の内にあるものを確認するという感じになっている。

「つき合おう」

のっそりと言ったのが、一蔵だった。一蔵は、少し吃りながらつづけた。

「おれは方角が同じだし、それに、どうせこのままではおさまるまいから、見とどける」

一蔵の言葉で、四人は低い笑い声を合わせると、あとは無言で足早に日暮れに来た道をもどりはじめた。

時刻はそろそろ五ツ半（午後九時）近いだろうと思われるのに、道からかなり低くて深い谷間のように見える水路を、提灯をかかげた初音町通いの舟が行き来している。市之丞が言ったとおりで、初国入りの旅費が調達出来なくて、藩主が街道の途中で立ち往生したなどというのは、どこの藩の話かと思うようだった。

——この世には……。

裏がある、と隼太は思った。その裏の姿は隼太には見えなかったが、いそがしげに行き来する遊客の舟の明かりに、その見えない世界が、針の先ほどに露出しているのが感じられた。

比丘尼町は、位置から言うと初音町のほぼ南になるが、初音町が城の大手のほぼ真東にあるのにくらべると、辰巳の新開地にある分だけ、場末という感じをあたえる。実際に比丘尼町の裏は浅い小川で、その先は畑だった。初音町から青柳町の大通りに出たあたりでは、まだ道に提灯をさげたひとの姿を見かけたが、比丘尼町に近づくにしたがって、通りすぎる町は暗くなり、すれ違うひとの姿も稀になるのは、場所柄というものだろう。

それでも、比丘尼町にたどりつくと、そこには初音町ほどの勢いはないにしても灯影が散らばり、通りには足もとのおぼつかない酔客が歩いていて、居ならぶ店の奥からは濁った歌声なども洩れて来るのだった。

「みんな、金はあるか」

市之丞が、路上に立ちどまってみんなの財布の中身をたしかめた。返事を聞いて、市之丞は思案する顔いろになったが、すぐに言った。

「よし、今夜は『ぼたん屋』にしよう」

「ぼたん屋」は小座敷がある飲み屋である。おそい時刻に、四人もの武家がぞろぞろと入って行ったので、「ぼたん屋」ではびっくりしたようだったが、中はすいていて、四人は難なく煤けた襖のある狭い部屋におさまった。

「まず、酒だ」

市之丞は、注文を聞きに来た年増の女中に言った。

「肴《さかな》はいらん。と言っても何もなくても困るが、われわれは貧乏人で持ち合わせが少ない。そこを考えて、何か出してくれ」

「わかりました」

厚化粧の女中は、笑いをこらえる顔になって言った。

「それではするめでも焼きましょうか」

「それでけっこう」

市之丞は言い、女中が去ると、庄六、おまえはもう飲まんでもいいぞと言った。

「帰りに送って行くのが厄介だからな」

「またはじまったな」

隼太が言うと、一蔵がくすくす笑った。酔うとむやみに庄六のことをかまいたくなるのは、市之丞の癖である。

庄六も、酔いが回った赤い顔でにが笑いした。そして口をとがらせて言った。

「おれは『小菊』じゃあまり飲まなかったからまだ飲める」

「ばか言え、自分の酒量というものを考えろ。帰りに酔いつぶれても知らんぞ」

市之丞は言ったが、不意に部屋の中をきょろきょろと見回した。

「しかし、壁は剝げ落ちているが、こっちの方が落ちつくことはたしかだな。『小菊』じゃ、庄六もあまり飲めなかったろうて」

「しかし、やられたな」

隼太が言うと、みんな口ぐちに、やられたと言った。

「いつか、おれが言ったとおりだったろう、隼太。杉山は最初から怪しかったんだ」

「おれは違うと思っていたがな」

と隼太が言い、一蔵と庄六が同調してうなずいたとき、さっきの女中が酒をはこんで来た。そのあとから入って来た子供のような女中が、四人の前にお盆を据え、手早く盃と焼いたするめ、たくあんと小茄子の漬物を配った。

厚化粧の女中は、四人に一杯ずつ酒を注いでから言った。

「こんなものでいいんですか」

「いいんだ、いいんだ」

市之丞が言い、女中たちが部屋を出て行くと、四人はしばらくするめを裂くのに熱中した。部屋の中にするめの匂いが充満した。

「杉山は総領で、千加どのは楢岡の一人娘だろう。この縁組はないと思ったがな」

隼太がするめをかじりながら言うと、一蔵も、おれもそれは無理だろうと思ったと言った。

「それで、どうなるんだ？　杉山の弟が、楢岡の養子に入るとか言ったな？」

「いや、そうじゃない」

市之丞が口をはさんだ。

「それも一案だったが、それはやめにして楢岡では親族から養子を取ることにしたと言うんだ」

「それにしても、杉山もかなり強引だな。楢岡の方じゃ、ずいぶん迷惑だったんじゃないのか」

隼太が言うと、市之丞がそんなことがあるものかと言った。

「あたりには迷惑この上ないという顔をしてみせるかも知れないが、内心は違うな。楢岡というのはな、上村。杉山と一蓮托生の間柄なんだ。ずっとむかしからそうだよ」

「……」

「だから、杉山の話を蹴ってだ、ほかから婿をもらって杉山と疎遠になるような真似はやるわけがないのだ。案外楢岡は、杉山からその声がかかるのを待っていたかも知れないぞ。なにせ、杉山は藩中の名門だからな」

「おまえの話を聞いていると、すべて、ことは政治的に動いているように聞こえるけれども、本人同士はどうだったのかな?」

「それはわからん。ただおれの勘じゃ、鹿之助にははじめからその気があったようだな。千加どののことはわからんさ。心配だったら聞いてみればいいじゃないか。ひょっとしたら、意中のひとはそれがしではありませんでしたかとな」

「ばか言え。そんなことを聞けるか」

「ところが千加どのが、じつは意中のひとは庄六どのです、などと答えたりしてな」

市之丞は酔いが回ったようだった。痩せているのに稽古のために節くれ立っている手で、三矢庄六の背をどんと打った。

「痛いな」

庄六が顔をしかめた。そしてぼそっと言った。

「あの方には意中のひとなどおらんよ」

「おや」

市之丞は庄六の顔をのぞきこんだ。

「あの方と来たな。意中のひとがいないというのは、どういう意味だ、庄六」

「べつに意味はない」

と庄六は言った。

「ただ、千加どのというひとはしっかりした女子だから、軽軽しく男に心を移したりはしなかっただろうと思うだけだ。あのひとは、誰に対しても平等だった」

「そうか、庄六」

隼太は身体を乗り出して、庄六の手をにぎった。そして片手で庄六に酒をついだ。

「おまえもそう思っていたか。あのひとはりっぱだったよな。うん、りっぱだった」

「バカが手をにぎり合ってるぞ」

と市之丞が言った。

「隼太。おまえはことが政治的にはこぶのが気にいらんようだが、上の連中のやることは、八割方はそれで決まるのだ。ま、そういう意味じゃ、千加どのもかわいそうではあるな。鹿之助に惚れていればべつだが、庄六じゃないけど、そうも思われん節があった」

「何でそう思うんだ」

「わけなんぞあるものか。そう思うだけよ。それに、世の中いい男といい女がくっついて、それで万事うまく行くとは限らん」

市之丞は言って、一蔵に盃をさした。

「一蔵。おまえのところのように、少しがたぴしした形の夫婦が、案外にうまく行くものらしいぞ。仲よくやってるか、あの美人の奥方と。おい」

「酒がこぼれる」

一蔵は、吃りながら冷静に言った。

「野瀬は、今夜少し飲みすぎたらしいぞ」

「何を生意気なことを言って。おい、隼太。おまえも飲め」

市之丞は酔いが回ったときの癖で、真っ青な顔をして隼太に酒を強い、自分も手酌で盃を満たすと、その盃を掲げてみんなの顔をにらみ回した。

「今夜は、われわれの片恋が破れた夜だ。みんな飲もうじゃないか。肴はないが、酒はたっぷりあるぞ」

「そうか。おまえもその顔で、やっぱり千加どのに惚れていたのか」

「何を、貴様。隼太のバカが……」

市之丞は、牛のように気味わるく据わった眼で隼太をにらみ、今度は庄六を見た。

「庄六。歩けなくなったらおれが担いで行くから、心配せずに飲め。払いも心配はいらん。足が出たら、おれが二、三日『ぼたん屋』で薪割りをやる」

「これじゃ、今夜はおれの方が野瀬を担いで帰ることになりそうだぞ」

と庄六が言った。

五

四人が店を出たのは、もう九ツ（午前零時）近くかと思われる時刻だった。厚化粧の女中が、眠そうな顔をして四人を送り出すと、「ぼたん屋」では店の内側で、すぐに戸締まりの音をさせた。

通りの灯もほとんど消えて、わずかに奥の方の曖昧宿《あいまい》がならぶ路地のあたりに、心細げな明かりが見えるだけだった。

「いいか、みんな」

四人の中で一番酔っている市之丞が、大声でわめいた。

「楢岡の娘はきっぱりとあきらめろ。そしてはやくわが身の始末を考えることだ。いや、一蔵はいいんだ。一蔵はもう宮坂の婿におさまったのだからな。心配なのは隼太、庄六。おまえらだ」

「わかった、わかった」

隼太は市之丞の肩をつかんで言った。

「大きな声を出すな。このあたりは、もう寝静まっているのだから、おまえのようにわめくと近所迷惑になる」

「何が迷惑だ」

市之丞は、隼太の手を振りほどいた。

「だから、前にも言ったろう。われわれはお相伴役だと。バカめらが、それもわからんで勝手な夢を見て」

「しかし、まあいいじゃないか」

と隼太は言った。

「杉山はわれわれに隠して、こそこそと事をはこんだわけじゃなし、あのとおり公明正大に白状して祝言にも来てくれと言っているのだから、許してやるべきだ。あれはあれでりっぱだと、おれは思うけどな」

「何だ、隼太。おまえ、いやにきれいな口をきくじゃないか」

市之丞が、乱暴に肩をぶつけて来た。

「貴様それじゃ、千加どのを杉山にさらわれて何ともないのか」

「くやしがったところで仕方あるまい。身分が違うのだ」

「しかし、杉山はわれわれのことを考えて心を痛めたりはしておらんのだぜ。はじめから眼中にないのだ。お偉方というものは、元来そうしたものだ。そこがくやしくないのかと、おれは言うわけよ」

「いや、杉山はあれで気持ちのこまかい男だ。眼中にないことはあるまい。何となく気配はさとっていたろうさ。だから今夜、ああして一席もうけた場所で言い出したのだとおれは思ったがな」

「おまえの見方は甘いな。杉山はただ、よけいな敵をつくりたくないと思っているだけだよ。執政の卵らしいやり方さ」

「祝言は、秋だと言ったな」

隼太と市之丞が、杉山鹿之助の誠意を論じているそばで、一蔵と庄六は一歩おくれて歩きながら、同じ縁談のことを話していた。

「もし招かれたら、おまえ、どうする？」

「どうするって、ことわるわけにはいかんだろうさ」

「おれは、ああいう席は苦手なんだが、そうか、ことわるわけにはいかんか」

「ただ、じっと坐っていればいいのだ。それに道場からは先生や羽賀さんも招かれるだろうし、どうということはないよ」

一蔵が、つかえつかえ説明していると、振りむいた市之丞が怒号した。

「おれは招かれても行かんぞ」

「おや、どうしてだ？」

隼太が言うと、市之丞は暗い中で顔を近づけて来て、今度は変に沈んだ声で言った。

「節操のないやつらは行け」

「おい、節操の問題だと言っているぞ」

「そうだよ、節操の問題だ」

市之丞はそう言うと、ふらふらと隼太からはなれて行った。生酔い本性たがわずで、そこはわかれ道だった。

「じゃ、おれもここで」

庄六は言うと、あわてて市之丞の跡を追って行った。二人は大通りを道場がある青柳町までもどり、そこから城の卯の口門前を流れる六斎川の方にむかうのである。六斎川の手前、商人町の隣に庄六の家があり、六斎川を城の北側で越えたところに市之丞の家があるのだが、今夜は庄六が、橋をわたって市之丞を家まで送りとどけることになりそうだった。わずかな星明かりに、もつれ合うように暗い道を遠ざかる二人の姿が見えた。

隼太と一蔵は、そのうしろ姿をわずかの間立ちどまって見送ってから、大通りを横切った。比丘尼町から来て大通りを突っ切るその道が、一蔵の家がある禰宜町に通じている。

「市之丞は大丈夫かな」

と一蔵が言った。

「庄六は今日、あまり飲まなかったから、ちゃんと送りとどけるだろう」

「やつがあんなに酔ったのは、はじめてじゃないか。いや、『小菊』でもぐいぐい飲んでたから、いつもと違うとは思ったんだ」

「杉山の話が気にいらなかったらしい」

隼太は小さく笑った。

「おれも気にいらなかったが、しかしおれはあきらめが早いからな。いつまでもこだわったりするのは好かぬ」

「そうとも」

と一蔵が言った。

「楢岡のお屋敷に邪魔するのは楽しみだったが、身分が違う」

「………」

「おれはな、上村」

一蔵は言いかけて、ふと何かを思い出したというように含み笑いをした。

「みんなは、千加どの千加どのと言うが、白状するとあそこで出される菓子がたのしみだった。おれの家は兄弟が多くて、子供のときはめったに駄菓子も喰えなかったからな」

「……」

「楢岡に行くと、ほら、江戸のどこそこの菓子などという、上品な干菓子が出たりしたじゃないか」

「菓子が目あてか。おまえ、志が低いぞ」

隼太がからかったが、一蔵はべつに怒りもしなかった。いつもの吃り気味の口調だが、たのしそうにしゃべっている。

「いや、おれが言いたいのは、身分の違いを痛感したということだよ。千加どのも、江戸下りの菓子のように上品なひとだった」

「たしかに、そこらの駄菓子といったひとじゃないな」

隼太は苦笑した。

「おまえはあんまり変な夢を見ないたちらしいな、一蔵。だから、婿の口がかかるといち早く身を固めたわけだ」

「婿入り口がなかったら、寺田の家は地獄だよ。おれの下に、まだ三人も弟がいるのだ」

「そうだったか。なかなか深刻だな」

話しているうちに、二人は禰宜町に来た。そこまで来て、隼太は今日の夕方に初音町の入り口で見かけた、例の男のことを思い出したが、それはやはり一蔵に洩らすべきことではないように思われた。

「遅くなったが、大丈夫か」

一蔵の家の前で二人はちょっと立ちどまって、言葉をかわした。一蔵を犒《ねぎら》いながら、門の奥の宮坂の家を見ると、家の隅の方にかすかに灯の色が見える。

隼太は首をすくめて言った。

「奥方が起きて待っているらしいな。もし怒られたら、おれたちのせいにしてくれ」

「いや、あれは違う」

一蔵が苦笑した声で言った。

「病人がいるので、家は一晩中灯を消さずにいるのだ」

一蔵と別れて、隼太は暗い町をさらに歩きつづけた。眼は闇に馴れて、星明かりの下の道が仄白く見えている。

——わかれ道だな。

ふと、そう思った。五人の仲間のうち、市之丞だけが片貝道場に入門したのが半年早かった。いまでも先輩ぶった口をきくのはそのせいだが、あとは隼太、鹿之助、庄六、一蔵が、ぞろぞろと同じ時期に入門したのである。いずれも十五、六のときだった。

ついこの間のことのように思われるが、あれから数年経ったのだと、隼太は改めて過ぎた歳月を振り返る気持ちになっている。道場稽古にも精出したが、五人連れでよく遊んだようにも思う。ことに、ここ一、二年ほどは、杉山鹿之助に誘われて楢岡の屋敷をたずねるのをたのしみにした。

——千加どののせいばかりではないな。

と隼太は思った。千加が、自分たち若者を客とみなして待遇し、時おり姿をみせて世話してくれるのは、まぶしくて心ときめくことだったが、隼太は主人の楢岡図書の話も、十分におもしろかったのである。

図書は藩政の表面からしりぞいたあと、藩主が参覲《さんきん》のために動く時期をのぞけば城にのぼることも絶えてなく、隠居のように屋敷の中に閉じこもっていた。だがその屋敷の中で図書がやっていたことは、見方によれば意外に生ぐさい仕事と言えなくもない。それは、ひと口に言えばいまの執政たちの政策を批判して、それにかかわる藩政のありようを手さぐりする仕事だったのだ。

そのために図書は、藩政初期からの膨大な書類を博捜《はくそう》したり、突然に、いまもつづいている長四郎堰周辺の荒地の開墾を見に行ったりしているのである。

図書は、自分がやっているそういうことをあまり隠し立てしなかった。たずねて行く隼太たちに、聞かれれば藩の機密に属する部分までそっと洩らしたりして、たのしそうでもあった。市之丞は図書のそういう話しぶりを、自分の大物ぶりを誇示するための説教だとこきおろしたが、たしかにその程度にしか思われない軽軽しいところが図書の態度にはあって、そのために反執政派といった生ぐさい色合いは、図書の講釈からは匂って来なかったのだ。

だが、はたしてそうかと、いま隼太はそのときどきの図書の話を思い出している。あれは、われわれ下士の部屋住みに対する講釈ではなく、ただひとり、いつかは執政の座にのぼるだけの資格を持っている杉山鹿之助に対する、一種の執政学だったのではなかろうか。

そう考えると、時にはあきらかに隠居の長談議の域を超えて、こまかな数字をあげては、語気鋭くいまの藩政を批判した図書の顔と、政権への野心を隠さなかった、今夜の杉山鹿之助の態度が、ぴたりと重なり合うようでもあった。

——お相伴か。

隼太は暗い道を歩きながら、思わず苦笑を洩らした。われわれは杉山のお相伴役にすぎないのだと、ずっと前から市之丞が言っていたのを思い出したのである。

とにかく、杉山鹿之助は物欲しげに婿の口を待っているわれわれとは、まったく異なる世界に旅立ったらしい、と隼太は思った。鹿之助は如才なく、屋敷に遊びに来てくれと言ったが、道場の方のつながりが切れれば、鹿之助の屋敷はそう簡単に遊びに行けるような家ではないのだ。建物も庭も宏大で、地所はゆうに二千坪はあるだろう。鹿之助が一緒でも圧倒されるような屋敷である。

一蔵が身を固め、杉山鹿之助は仲間から去って、ひとつの時代が終わったようだった。そしてうだつの上がらない部屋住み三人が残されたのだ。

そう思ったとき隼太は、悪酔いした市之丞の気持ちがわかるような気がして来た。杉山鹿之助は、みんながひそかに好意をよせていた女性を、あっという間にさらって行っただけでなく、別れるそのときになって、身分の相違をくっきりと見せつけて去ったことになるかも知れなかった。

執政への道。鹿之助が当然のように口にしたその道は、名門、上士と呼ばれる選ばれた家の人間だけが歩むことの出来る道だった。尋常の道ではなく、その途中には罠《わな》もあり、闘争もある険しい道程だとしても、その先にかがやくようなものがあることもまたたしかだった。そこにたどりついた者だけが、一藩の運命を左右するような決定に加わることが出来るのである。そこは、男なら一度は坐ってみたい栄光の座だった。なぜなら、そこに至り得た者が事実上の一藩の支配者となるのである。

市之丞が、しきりに鹿之助の悪口を言ったのは、楢岡の千加どののこともあるだろうが、それよりは自分とは違う道を歩むことを明確にした男への嫉妬ではなかったか、と隼太は思った。その嫉妬なら、自分の胸にもあるとも思った。

——と言っても……。

身分の違いというものは、どうしようもないからな、と隼太は思った。学問や武芸に精出したところで、せいぜい家格の似たところから婿の口がかかるぐらいで、執政への道につながるなどということはまずあり得ない。そう思うと気持ちの中に投げやりなものが入りこんで来るようだった。

郡代にのぼるかも知れないと聞いた桑山孫助は、その後聞いたうわさによると、昇進するどころか、何かの失態があって郡奉行を罷免されるかも知れないという。娘は醜女だというし、やはり桑山への縁談には乗らないでよかったのだ。

——要するに……。

そのへんでうろうろするのが、われわれの家格の者の相場というものだろう、と結論を出したとき、隼太は自分の家の前に来ていた。

六

潜り戸を押したが、今夜はびくともしなかった。嘉六がうっかりして閂をおろしてしまったか、それとも兄が、あまりに遅いのを怒って嘉六に潜り戸をしめるように命じたかである。

——それなら……。

塀を乗り越えるしかない、と隼太は思った。入念に左右をたしかめてから両刀を腰からはずして下げ緒で縛ると、塀越しに庭に落とした。それから塀の柱のある部分に手をかけて、一気に身体をせり上げた。

そこまではうまく行ったのだが、塀の上に身体をのせたとき眼がくらんだ。あっと思ったときに隼太は地面に落ちていた。自分で思っているよりも酔っていたようである。落ちたところが塀の内側で、地面がやわらかかったので助かったが、それでもどさりと音がした。隼太は肝を冷やして暗い家の方を窺った。

だが、家の中はもう寝静まっているらしく、森閑としたままだった。大丈夫だったらしいと思いながら、隼太は立ち上がったが、そのとたんに左の足首に激痛を感じた。塀から落ちたときに、足首をどうかしたらしい。じっとしている分には痛まないが、地面に足をつくと、とび上がるほどに痛かった。

——参ったな。

片足ではねるようにして、隼太は自分の部屋がある裏の方に回った。最初に台所口の板戸を押してみたが開かなかった。

——ふきのやつ……。

気がきかない女だ、と思いながら隼太は自分の部屋の下の方に回る。そこの雨戸もあかなかった。嘉六が潜り戸をしめたのはわかったはずだから、どこかの戸締まりをはずしておけばいいのに、と隼太は女中のふきを呪ったが、自分でもこんなに帰りが遅くなるとは思わなかったのだから、他人を責めるわけにもいかないようだった。

暗い裏庭を、隼太はなるべく左足を強く地面につかないように、肩を使いながらひょこひょこ歩き回った。今度はふきの部屋の外に行って、こつこつと戸を叩く。繰り返し叩いたが、戸の内側には何の気配もしなかった。

——こりゃ、へたすると……。

しめ出しだぞ、と隼太はぞっとした。表口に回って、下男部屋の戸を叩けば嘉六が起きて来るだろうが、嘉六が眼をさますぐらいなら、兄夫婦や甥も眼をさますだろう。何事かと兄が起きて来たりしたら、あとは火が出るほどの叱責を浴びることは眼に見えている。

隼太は少し強く戸を叩いた。そしてじっと耳を澄ましていると、ようやく戸の向こう側で小さな物音がし、やがて雨戸の隙間に灯の色が動いた。ふきが起き上がったのだ。隼太はほっとして、片足で跳びはねるようにしながら台所口に回った。

「今夜は、お泊まりかと思ったんですよ」

戸をあけたふきが文句を言った。眠っていたところを起こされたのはあきらかで、声がかすれている。ふきは主人夫婦をはばかって、灯を持っていなかった。

「せめて、九ツ前には帰っていただかないと、身体がもちません」

「わかっている。年寄りみたいなことを言うな」

「おや、足をどうかなさったんですか」

戸締まりをしていたふきは、暗い中で眼が見えたように言った。

「塀から落っこちて足をくじいたらしい。ちょっと部屋まで肩を貸せ」

「あぶないことをなさらないでくださいよ」

「じいさんが潜り戸をしめてしまったのだ。仕方ないじゃないか」

隼太が手をのばすと、ふきは隼太の腋の下に身体を入れて来た。それだけでなく、ふきは片方の腕を隼太の胴にしっかりと巻きつけて来たので、隼太は突然に濃厚な女の匂いに包まれてしまった。

ふきが律儀《りちぎ》にささやく。

「こんなふうでいいですか。歩けますか」

「うん、上等だ」

足音をしのばせて台所を出ながら、隼太はふきの首に巻いた手の先が、ふきの鎖骨に触れているのを感じる。なめらかな肌だった。

「いまのうちに膏薬でも貼っておきますか。わたしの部屋に薬がありますけれども」

「でも、とにかく見てみましょう」

「じっとしていれば、痛みはしないのだ」

二人はふきの部屋の前まで来た。そこでふきが肩をはずしたとたんに、隼太の身体がぐらりと揺れて、あわてた二人は正面から抱き合う形になった。いそいで身体をはなそうとしたふきを、隼太はしっかりとつかまえた。

身体の中に、火のように熱いものが眼をひらいていた。杉山鹿之助、名門、執政への道、部屋住み、榴岡の千加……。酔いが残る頭の中に、幻影のようにまだとび交っているそれらの想念を追い払うためには、わが身を狂わせる熱い女体が必要のようだった。手の中に、いまそれがあるのを隼太は感じている。

ふきは大柄な身体をちぢめるようにして、しばらくじっと動かなかったが、やがて身をよじってささやいた。

「はなしてください。叱られますから」

「誰に？」

「旦那さまや奥さまに……」

「………」

「それに、怪我した足も見ませんと」

隼太は答えずに、ふきのやわらかい首のつけ根に顔を伏せると、深深と肌の匂いを吸った。ふきはまた動かなくなった。そしてふきは急に小さくふるえ出し、抱えられている手を動かすとそっと隼太の肩にすがった。

顔を洗っていそいで行ってみると、兄の忠左衛門はもう裃《かみしも》をつけて茶の間に坐っていた。足をひきずりながら茶の間に入った隼太に、鋭い眼をそそぎながら、忠左衛門ははやくも叱りつける口調で言った。

「その足はどうした？」

「はあ、昨夜帰り道でころびまして」

「ばかめが。何のために道場に通っているのだ。夜道でころんで怪我するくらいなら、道場稽古などやめてしまえ」

「はあ、面目ありません」

「酔っておったのだろう。聞かずともわかるぞ」

「………」

「昨夜も遅かったようだな。どこへ行ったのだ？」

忠左衛門が言ったとき、表口で甥の新太郎が、甲高い声で行ってまいりますと言ったのが聞こえた。新太郎は十二歳で、むかし隼太が通っていた中道助之丞の学塾に通っている。

忠左衛門は、ふとその声に耳を傾ける顔になったが、すぐに眼を隼太にもどした。

「どうせよからぬあたりで飲んで来たのだろう。仲間は誰だ？　野瀬か？」

「いや、昨夜は違います」

と隼太が言ったとき、嫂の乃布が部屋に入って来た。その乃布にも、忠左衛門はいきなり大声を浴びせた。

「隼太を甘やかすことはならんぞ」

「おや、何のお話ですか」

乃布はおっとりとした声で言った。忠左衛門が長身で瘦せているのに、乃布の方は背丈はひと並みだがころっと太っている。

「やたらに小遣いなどあたえると、ろくな遊びをおぼえんということだ」

「決して、甘やかしてなどいませんよ、な、隼太どの」

乃布はにこにこ笑いながら言った。

「それより、あの話をなさいましたか？」

「これからするところだ。その前に、昨夜は誰と飲んだと？」

「杉山鹿之助です。杉山は今度家督を継ぐそうです」

「ふむ、杉山か……」

兄はぐっとつかえた顔になった。兄の忠左衛門は、いまだに弟の友人だという、杉山という大物をどう扱ったらいいかわからないという顔をする。

忠左衛門は急に話題を変えた。

「婿の口がひとつ入って来ているぞ。秋葉町の井上という家だ」

「勤めはどちらですか?」

「普請組で七十石。娘はなかなか心ばえのいい女子だそうだ」

そこまで言うと、忠左衛門は立ち上がった。

「くわしいことは、飯を喰ってから乃布に聞け。しかし、あれこれと自分の好みばかり言っては、話はまとまらんぞ」

出仕する兄を、嫂と一緒に表口に見送ってから、隼太は台所にひき返した。

台所の隅に切ってある炉のそばに、畳が二枚敷いてあり、そこに隼太の膳が出ていた。子供のころは、嫂と一緒に茶の間で飯を喰ったのだが、三年後に新太郎という上村家の跡取りが生まれると、隼太の地位は一挙に下落して、食事も台所ですることになった。

兄夫婦が、故意にそのように差別したというのではなく、そうするのはむかしからの武家のしきたりに過ぎなかった。そのけじめをつけることで、家の中の秩序を厳然とただすのである。

「足、いかがですか?」

外から台所に入って来たふきが言った。ふきは持っていた山芋を土間におくと、いそいで手を洗い、隼太に飯をよそった。

「痛みませんか」

「大したことはなさそうだ」

言いながら隼太は、いつもの朝と少しも変わりないふきをそっと盗み見た。

太蔵が原

一

海穏寺街道は、城下に入ると町並みを縫う平凡な道となって鉄砲町、佐伯町、長者町を抜け、いったん城の三ノ丸外の濠ばたに出てから、六斎川に突きあたる。

その道を佐伯町の四辻まで来たところで、桑山又左衛門は立ちどまった。四辻を右に折れて南に行けば、むかしの三矢庄六、婿入りして藤井姓を名乗ってからひさしい庄六が住む、普請組の組屋敷がある。

——のぞいて行くか。

と又左衛門は思った。

野瀬市之丞がつきつけて来た理不尽な難題を、庄六が捌《さば》いてくれるだろうと思うわけではないが、腹を割って話してみるつもりでたずねた先で、市之丞のつめたく拒む態度を見せつけられたいまは、何となく庄六の顔が見たかった。

又左衛門が海穏寺街道をもどるころになって空は西の方から晴れはじめ、又左衛門は歩きながら背中にずっと日射しを背負って来たのだが、佐伯町に入ったころには日は沈んだとみえて、日射しは淡淡しくうすれてしまった。その淡い光の中に、ひとが群れて歩いていた。

六斎川東の目抜き通りほどではないが、佐伯町の四辻のあたりにも商家があつまっている。小間物屋、古手屋、紙屋、種物屋などとならんで、いさば屋、青物屋、煮しめ屋、豆腐屋があって、夕餉《ゆうげ》の支度にかかるのだろう、その前にひとが混雑していた。

又左衛門は、頭巾の中からしばらくにぎわう通りを眺めたが、不意に決心がついて四辻を南に折れた。すると辻のざわめきはすぐに背後に遠のいて、道の左右は、しもた屋ふうの町屋や組屋敷、小禄の武家の家などがならぶ、ひっそりとした町に変わった。

長いその道を歩いてから、又左衛門は道をひとつ曲がった。急に視界がひらけた。左側は御弓組足軽の組屋敷で、灰色の長い塀がつづいているだけだが、右側は畑だった。人影も見えない畑の先には見わたすかぎり田圃《たんぼ》がひろがり、さらにその先には樹木に囲まれた村落が点点とちらばっているのも見えたが、野も村も、地面に這うす闇に少しずつ紛れようとしていた。

その薄明の中に、光明院の先で見かけたのと同様な、晩稲の稲架の列がうかんでいる。稲架は、一本の杭ごとに稲束を四方から巻くようにして積み上げるので、暮色の中の稲架の列はひとの姿にも似ていた。

——今日も暮れるか。

と又左衛門は思った。胸の中に、かすかな苛立ちが動いている。市之丞め、どうしても果たし合いをやるつもりかと思った。

つぎに顔を上げたとき、又左衛門は思いがけなくうつくしい景色を見た。とっくに海のむこうに沈んだはずの日が、いまごろになって、野のはてにそびえる大櫛山の頂を、真紅に染めているのが眼に入って来たのである。

領国の北辺と東側の国境は、北から東南にむかって走る山脈で区切られている。大櫛山はその山脈のほぼ中央、城下から見ると真東にあって山脈の主峰だった。描いた眉のようになだらかな山型がうつくしい山だが、いまその頂が赤い櫛の背のように、虚空《こくう》にただよいうかんでいるのだった。背後の空は、もう鋼《はがね》いろに暮れていた。

——大櫛山か。

又左衛門は足をゆっくりとはこびながら、しばらくそのめずらしい景色を賞美したが、そのあまりの赤さが、いくらか不吉な感じもあたえるようだった。

だがその感触は、気持ちの隅をかすめただけですぐに消え失せ、又左衛門はふと、大櫛山の麓の太蔵が原で桑山孫助に出会ったのが、やはりいまごろの季節だったことを思い出していた。

反射的に、又左衛門は眼を大櫛山の麓にもどした。野が少しずつせり上がるように見えながら、大櫛山の麓の台地を形づくっているそのあたりは、紫いろの暮色につつまれていた。その暮色の中に、立ちのぼるかすかに白い煙が見えたと思ったとき、又左衛門の視界は再び樹木と家並みにさえぎられて、道はまた城下はずれの、町とも言えないうらぶれた気配がただよう一画に入るところだった。

普請組の組屋敷は持筒組や御弓組のような足軽長屋ではなく、士分の者の一戸建ての家の寄せあつめである。と言っても普請奉行以下の役持ちの屋敷はべつの場所にあって、小禄の者が住む組屋敷の家は狭くて古びていた。

又左衛門は藤井庄六をたずねるたびに、この家を何とかしてやらなくてはと思うのだが、一歩屋敷の外に出ると、普請組組屋敷を建てかえる費用など、藩庫をさかさに振っても出るはずはないと思い直すのだった。

土間に立って訪《おとな》いをいれると、明るい返事の声がして庄六の妻が出て来た。幾江という名前の女である。

「おや、ご家老さま。おひとりですか」

庄六の妻は、頭巾をとって土間いっぱいに立っている又左衛門を見ると、おどろいた顔になって、背後をのぞくような眼をした。

「何か、火急のご用でもございましたか？」

「いや、格別の用というのでもないが、ご亭主はもどっているかな」

「それがあいにくと、梵天川の堤普請の方に行っておりまして」

「あ、そうだったか。これは迂闊《うかつ》」

と又左衛門は言った。

梵天川は領国の平野の北端を流れる大きな川で、領内の田畑の三分の一をうるおすと言われる兵庫堰、太郎堰は、この川から水を引いている。その恩恵ははかり知れないというべきだったが、この川は風雨で川水が増すごとにどこかで堤防が切れて、付近の村落や田畑を水びたしにしてしまうことで、人びとに恐れられてもいた。

藩では堤防が切れたときに補修するだけでなく、ふだんも怠りなく堤防を見回り、土質の弱そうなところには土俵を埋めこんだりして警戒しているのだが、梵天川の堤防はそれでも数年に一度は切れた。

今年も夏の終わりの大風雨のあとで、川は下流の新屋敷村の近くで、およそ十間余にわたって堤防が崩れ落ち、家と田畑を水びたしにしただけでなく、二人の死者まで出したのである。庄六が所属する普請組はこの秋、人数を交代しながら堤防修復にかかりきりになっていたはずなのだ。

「いや、忘れていたわけではないが、つい自分のことに気を取られた。出かけて何日になるな？」

「七日になります」

「すると、三日後にはもどって来るか」

と又左衛門は言った。堤防普請の間、組の者は土手下に建てた仮小屋で暮らし、十日ごとに交代することになっていた。もっとも交代するのは組の者だけで、領内から募った人夫は、工事が終わるまで仮小屋住まいをつづけるのである。

「上がって、お茶でも召し上がりませんか」

と庄六の妻が言ったが、又左衛門は首を振った。

「いや、また来る」

「でも、やはり何か、ご用がおありだったのでは？」

「用といえば用……」

又左衛門は、庄六の妻のふっくらと白い顔を見おろしてにが笑いした。

「しかし、庄六がおらんのでは仕方ない。やはりまたにしよう」

又左衛門は、邪魔したと言って背をむけかけたが、そこで急に鼻をひくつかせた。

「いい匂いがするの」

「匂いですか」

庄六の妻は、首をかしげて奥を振りむいたが、すぐに又左衛門に笑顔をむけた。

「味噌汁の匂いでしょう」

「それだ。庄六のご新造、わしに味噌汁を一杯ふるまってくれぬか」

「ただの大根汁でございますよ」

「けっこうだ。わしは大根汁が大好きだ」

「まあ」

庄六の妻は、うつむいて片手で口を覆うと、肩を軽く前に傾けて、くくっと笑った。すると、いくらか太り気味で齢よりも若若しい顔をしている庄六の妻は、一瞬童女めいた印象をひとにあたえるようだった。

「大根汁でよろしければさし上げますけど——」

庄六の妻は笑顔のまま言った。

「どうぞ、茶の間にお上がりくださいまし。むさくるしい家ですけれども」

「いや、ここでよい。ここに掛けさせてもらおう」

又左衛門は、式台とも言えない上がり框《かまち》に腰をおろした。

「こんなうす暗いところで……」

と言ったが、庄六の妻は又左衛門に家に上がる気がないとみたらしく、いそいで奥にひっこむと、すぐに盆の上に湯気の立つ味噌汁の椀をのせて来た。

「これでよろしゅうございますか。あとで、お茶をさし上げます」

「では馳走になろう。わしにかまわずに、ご新造は家のことをしてくれ」

又左衛門が言ったが、庄六の妻は正面の茶の間の障子をあけて、行燈《あんどん》を敷居ぎわまで出したあとは、上がり框の板敷きにきちんと坐って、又左衛門を見守っている。

「信吾が、なかなかの秀才だそうだの」

熱い味噌汁をすすりながら、又左衛門は庄六の息子の名前を言った。

藩では、いまから十二年前に藩校を開設して、家中の子弟の教育に力を入れていた。庄六の倅の藤井信吾は、句読生から寮生まで五段階にわかれている藩校の課業を、やすやすと四段階めの試業生まですすみ、藩校の秀才の一人に数えられていた。

子供のことをほめられて悪い気はしないらしく、庄六の妻はぱっと明るい笑顔になった。

「おかげさまで」

「誰に似たものかの」

と又左衛門は言った。

「庄六がそんなに秀才とは思えなかったから、ご新造の血筋かの」

「そんなこともございませんでしょうが……」

妻女も首をひねっている。

「わたくしの祖父が、物を読むのが好きなひとではありましたけれども」

「それだな、多分」

と又左衛門は言った。

「試業生の課程を終われば、寮生にすすまずとも、藩では本人ののぞみによってひとかどの役に登用する決まりになっておる」

「さようですか」

「そうなると、この古家ともおさらば出来るかも知れないぞ」

又左衛門は箸をとめて、暗い天井を見上げた。

「ずいぶんむかしの話になるが、わしは庄六を普請組から抜いて、小室という郷目付の下に見習につけようとしたことがある。そうすると禄高も十石ばかりふえて、ゆくゆくはいま少し出世ものぞめそうだったのだが、庄六は受けなかったな。その話は、ご亭主から聞いたかの?」

「はい、ちらっとは……」

「普請組の仕事が性に合っているからとか申したが、内心は友だちのひきで禄高がふえるのは好まぬというふうに見えた。庄六はふだんはおだやかな男だが、何かのときにがんとしておのが潔癖を押し通すことがあった。むかしから変わらぬ性分での。みすみす損するとわかってそうするのだ」

「思い当たることは、たくさんござります」

と言って、庄六の妻は肩を前に傾けると、くくっと笑った。又左衛門は味噌汁をすすった。

「そのときは、せっかくのひとの好意を無にしてと、少少腹を立てたものだが、あとで考えてみると、ことわった庄六の方がりっぱだったな」

「人間が頑固なだけですよ」

「いやいや、さにあらずだ。わしはあのころ思いがけない昇進にめぐまれて、気持ちが少少上ずっておったのだ。世の中にむかう気構えでは、ご亭主の方が性根が据わっておったということだ」

「そうでもござりませんでしょうけど」

「むろん、人間の幸、不幸は禄高の多寡《たか》で決まるわけではない。そんなあたりまえのことをさとるのに、わしは随分と回り道をしたが、ご亭主の方ははやくからそのことに気づいておったようだの」

味噌汁のあとに、熱い茶を一服喫してから、又左衛門は庄六の家を出た。

「提灯をお持ちになりますか」

組屋敷の門の外まで見送って来た妻女が、外がすっかり暗くなっているのにおどろいたように言った。

「暗うございますね。信吾がいればご案内させるのですが、あいにく外に出ていまして」

「いや、お気遣い無用。夜道は歩き馴れておる」

「おひとりで、大事ござりませんか」

「大丈夫だ。ご亭主がもどったらよろしく言ってくれ」

「もし何でしたら、帰り次第お屋敷にうかがわせますけれども」

「いや、それまでには用が片づこう」

と又左衛門は言った。もともと、庄六に市之丞との間を斡旋《あっせん》してもらうつもりはなかったのである。

しばらく歩いてから振りむくと、組屋敷の門前にまだ庄六の妻が立っていた。又左衛門が振りむいたのがわかったらしく、小腰をかがめたのもぼんやりと見えた。

――いい女房だ。

人柄がふっくらとして明るくて、と又左衛門は庄六の女房のことを思った。禄高二十石の暮らしは、時節柄決して楽ではないはずだが、貧しそうな気配をこれっぽっちも見せないところがよい。あの女房なら、家の中もきっと上手にやりくりしているのだろう。

そう思ったとき又左衛門は突然に、若いころに同じ普請組の井上という家から、婿入り話が持ちこまれたことがあったのを思い出していた。又左衛門は、思わず組屋敷の暗い塀を見上げた。

娘と、一度顔を合わせたことがあった。

そのひとは、まだこの組屋敷の中にいるのだろうかと思った。禄高は七十石だと兄が言い、百石以下ではと、自分が難色を示したことも記憶がもどって来た。

——七十石の普請組勤めか。

その家の婿になって、庄六と同じ組屋敷に住む人生もあったのだと思い、それならいまごろは、土にまみれて梵天川の堤防修復に懸命になっていたはずだと思うと、ひとの運命というものがいかにも奇怪なものに思われて来るようでもあった。

むろん、そうはならなかった。そうならなかったのは、普請組の井上からの話がまだひっかかっていたその年の秋に、又左衛門は偶然に太蔵が原で桑山孫助に会い、そのために事情が急転したからである。

上村隼太が太蔵が原に出かけたのは、杉山鹿之助と楢岡の千加の婚礼が行われてから、およそ半月も経ったころだった。

杉山鹿之助は、約束を違えない男だった。婚礼の日取りが決まると、初音町の「小菊」で言ったとおりに隼太たちにも招きの使者を回して来たので、隼太たちは、あれほどおれは出ないとわめいた市之丞も含めて、全員が招かれた席に出た。

杉山と楢岡という藩の名門同士の婚礼は、豪華なだけでなく、隼太にさまざまなことを考えさせるものだったのだが、中でもひしと胸をしめつけて来たのは、婚礼のその席が、鹿之助がいよいよ名門杉山家の跡取りとして世に出て行くことを、世間が公認する場所になっているという事実だった。

花嫁姿の千加はうつくしかったが、末席にいる隼太たちの眼からは、ただ人形のように可憐に見えるだけだった。隼太たちはむしろ、その日の客の顔触れの多彩さに圧倒されていた。

「あれは誰だ？」

「小谷直記だろう」

「へえ？　藩の黒幕とかいうのがあのじいさんか。しかし、小谷は重病だというう

わさがあったじゃないか」

「病気などするものか。あのとおり矍鑠《かくしやく》たるものだ」

「小谷のそばにいるのは？」

「中老の松波だよ。知らんのか」

四人はこそこそと話し合ったが、ひとの消息にかけては、やはり市之丞がもっともくわしかった。

招かれて来ている客の中には、野瀬市之丞にたずねないとわからない顔もあったが、隼太にもそれとわかる名門、上士と呼ばれる男たちもいた。そして間もなく気づいたのは、そこにいる祝賀の客の顔触れが、必ずしも杉山、楢岡両家の味方と考えられている人びとにかぎらないという事実だった。

杉山家、楢岡家はともに家中の名門で、ことに杉山家は数代にわたって家門から家老、中老を出して来た家である。祝賀の客の中には、当然ながらその両家と血筋でつながり、閨閥でつながる一族の錚錚《そうそう》たる顔触れが見られた。

加えて鹿之助の父忠兵衛、花嫁千加の父楢岡図書は、手を組んで長く藩政を牛耳ったかつての権力者である。いまは主流からはずされて冷や飯を喰っていると言っても、その時期に二人が藩内に扶植《ふしよく》した勢力は、死に絶えたわけではなく、何か事があるときに現れて地中の鉱脈のように光を放つものらしかった。

白髪の金井権十郎をはじめ、かつての執政府の同僚たちがあらまし顔をそろえているのもそれなら、末席近くにつつましく控えている町人髷の男たちが、正体は城下では十指のうちに数えられる富商のあるじたちであることも、杉山、楢岡両家の隠れた勢力の大きさを物語るものだった。

その一族、同調者の顔触れだけでも、杉山鹿之助を世に押し出すのに十分と思われるのに、祝宴の席には、ほかにも招かれて来ているもう一群の男たちがいた。中老の松波伊織、組頭《くみがしら》の石川弥太夫、また藩主家の一族を家祖に持つ小谷直記などである。松波と石川弥太夫は現職の執政であり、小谷はかつて、杉山忠兵衛を執政府から逐《お》うのにひと役買ったとうわさされる、藩政の黒幕だった。

杉山忠兵衛、椙岡図書を失脚させた男、そのかわりに執政府にのぼった男、いわば両家にとっては敵であるはずの男たちが、盃をあげ、左右をかえりみて談笑していた。

その光景は、かつての権力者杉山忠兵衛は否定したが、嫡子の鹿之助を否定するものではないと言っているようでもあり、また、いずれ避けられない世代の交代にそなえて、聡明のうわさが高い杉山家の跡つぎに、いまのうちに慇懃を通じておこうと言っているようにも見えた。

そう思うのは隼太だけでないとみえて、隼太たちのまわりにも、小谷や松波の名前をひそひそとささやく声がした。

小谷直記は二千三百石の大身で、高麗町の奥に館ほどの大きな屋敷を構えている。無役で、何年に一度か藩主の名代で京にのぼるなどという役目をはたすほかは、城にのぼることもなくひっそりと暮らしている人物だが、それでは藩政には無関心かというとそうではなく、藩の人事に細かく口をはさんで、小谷の注文は恫喝《どうかつ》に似ると恐れられてもいた。

　現実に、杉山忠兵衛を執政府から追い落としたのが小谷で、そのために時の執政が残らず交代する政変が起きたのだと、いまだにうわさされているわけだが、その小谷を、忠兵衛が息子の婚礼に招き、小谷がその招きに応じたということは、鹿之助の婚礼を機会に、杉山、小谷の両者にもはや蟠《わだかま》るものはないと家中に宣言したことになるかも知れなかった。

　その宣言を機会に、小谷直記が鹿之助の後押しに回るのかどうかは疑問だとしても、少なくとも小谷は今後杉山家を敵視することはなく、嫡子の鹿之助の人物は白紙で眺めて行くという態度ははっきりさせたとみてよいのだろう。

　──行く末、執政にものぼる男は……。

　このようにして世に出て行くのだな、と隼太は婚礼の祝宴の末席にいて、奇妙な孤独感にとらえられながら、はるか上席に見える鹿之助や小谷直記を眺めたのであった。

　孤独感は、まだどこにも根をおろしかねている、根無し草のような部屋住みの身分につながっていた。杉山鹿之助が道場の仲間づき合いの親しみをこめて招いた席は、かえってお互いの身分の差をきわ立たせる場所になったようでもあった。

杉山鹿之助の婚礼から半月ほど経ったころ、隼太が急に思い立って大櫛山山麓の台地に出かける気になったのも、祝宴の席で静かに身体《からだ》を浸して来た、孤立した感情がまだ尾を引いていたせいだとも言える。

二

大櫛山の麓までおよそ三里と聞いていて、たしかに歩いているうちに、山は次第に視野にあふれるほどに近づいて来たが、目ざして来た山の頂が、前面にあらわれた丘の陰に隠れたころから、隼太にはどのあたりをいわゆる山麓と称するのか見わけがたくなった。

道はいくらか登りになったかと思うと、だらだらした下り坂になったりし、大きな森をひとつ回ると、その陰から突然に小さな村落があらわれたりする。いくぶん雑木林の荒地がふえて来て、土地の高低も目立つようになったが、あたりは依然としてまだ平地だった。土地に段差があるせいで、田はいったいに小さく、畑は丘の傾斜の方に這い上がっていたが、まだ山に踏みこんだという感じではなかった。

昼近い時刻になって鳥飼という村に着いた。十軒ほどの百姓家がかたまっているだけの小さな村で、市之丞の話によれば、そこが最後の人里だということだった。

村の中を通る道にそって、清らかな水が流れ、家家の庭には柿の木が赤い実をつけていた。

隼太は竹竿で柿の実を捥《も》いでいる年寄りに声をかけた。

「太蔵が原という場所は、まだ遠いか」

「いえ、間もなくでがんす」

髪もひげも白い年寄りは、手をやすめて道まで出て来ると、前方にひろがる雑木林を指さした。

「あそこを抜ければ、太蔵でがんす」

太蔵が原は、このあたりでは単に太蔵と呼ばれているらしかった。礼を言って歩き出した隼太を呼びとめて、老人は柿を二つくれた。噛んでみると、固いがいい味がする甘柿だった。

松や杉の常緑樹に囲まれた村を抜けると、その裏は草原だった。いちめんに枯れた雑草の原の先は芒《すすき》になり、その背後に広大な雑木林が、翼をひろげるように横に長くつづいている。村を通りすぎても、なおも細い道が草原を横切り、林の方につづいているのは、その林が村びとの薪を取ったりする場所になっているせいに違いなく、いわゆる山道が通じているのだと隼太は思った。

村をはずれたとき、雑木林の上にぬっと頭を出していた大櫛山は、隼太が草原を横切って林に入ると、また見えなくなった。広い林だった。赤松や板屋かえで、朴《ほお》の木、楢などが密生する雑木林の中は、木の葉が半ば落ちてしまったために、秋の日射しが通って明るかった。その木木の下にまだ道がつづいているだけでなく、落葉が散り敷いているその道に、ところどころ大勢のひとが踏み荒らしたような跡があるのに隼太は気づいた。足跡はまだ新しく、湿地のそばではあきらかな草鞋《わらじ》のあとが見られて、隼太は思わず立ちどまって小首をかしげたりした。

だが、その足跡は村びとのものかも知れなかった。広い林は薪を取るだけでなく、茸《きのこ》もとれれば木の実も拾える場所なのである。多分そういう用で歩き回る村の者がつけた道であるせいだろう、林の中の道は急に二つにも三つにもわかれたりするので、隼太は時どき立ちどまっては方角をたしかめた。

といっても、日は真南にある時刻で、方角をたしかめるには、空を仰ぐだけで足りた。隼太が空をふり仰ぐと、日はつる草の枯葉がからまる裸の枝の先から、まぶしく降りそそいで来た。

あれだけの足跡を見たのに、林の中では誰にも出会うことなく、やがて隼太は雑木林を抜けた。そしてそこにひろびろとひろがる草原を見た。といってもそこは草地がひろがっているだけでなく、ところどころに密集する雑木や赤松の林があり、台地の半ばは東に横たわる前山からのびて来る赤松まじりの雑木に覆われていた。

その前山の麓まで、小一里はあるかと思われた。大櫛山はわずかに前山の背後に灰色の頂をのぞかせているだけである。隼太は眼を左右に走らせた。広大な台地だった。北から南にのびる平坦な土地は、ざっと二、三里にもおよぶかと思われるほど、蜿蜒《えんえん》とつづいているのである。

——これが太蔵が原か。

と隼太は思った。

隼太の脳裏に、楢岡図書からはじめて太蔵が原という地名を聞いた日のことが甦って来た。

図書の話には、どこか若い者の夢見がちな気持ちをひきつけるものがあった。そのせいで、図書からその話を聞いたあとで隼太は興奮し、太蔵が原に水をひく手段を見つけた者がわが藩を救うことになるだろう、などと口走って市之丞に冷笑されたのである。そのとき市之丞は、太蔵が原は不毛の賽の河原だとも言ったのだ。

——その場所はどこか。

と隼太は思った。見わたしたところ、立ち枯れの大木などというものは見えなかった。枯れた草地と、紅葉した雑木の林、緑の葉と赤い幹の対照がうつくしい松林の上に、晩秋の日が静かに照りわたっているだけである。

しかし、入念に地形を見わたすと、平坦にひろがっているだけと思われる台地は、わずかに南から北に傾いているようでもあった。それならば、むかし大櫛山の土砂が崩れ落ちて、山林を押し流したというその場所は、いま立っているところよりも南にあるはずだと隼太は思った。

隼太は膝まである枯れ草をわけて、また歩き出した。すると見た眼の感じだけではなく、土地はほんの少しずつ登りになるのがわかった。降りそそぐ日射しは暑いぐらいで、隼太は時どき手で額をかくしながらすすんだ。前方に松林があらわれ、その陰に入ったときはほっとしたほどだった。

つる草が歩行をはばんだりする、道もない松林の中をしばらく歩いたあとで、隼太はふたたび明るい日射しの下に出た。そこにも、さっき後にして来たような、平坦な土地がひろがっていた。ただ違うのは、草地の中や雑木林の端に、白骨のように白くかがやく立ち枯れの木が見えて来たことである。

立ち枯れの木は、南に行くにしたがって多くなるようだった。何の木か、梢のあたりはほとんど折れながら、腐りも崩れもせずに立っている白い枯れ木の群れは、日射しが明るいだけに、かえって鬼気せまる風景に見えた。

――賽の河原か。

市之丞が言ったのはこのあたりのことだなと隼太は思った。

隼太は右手の方に、山崩れのときに押し流されて来たかと思われる大きな石がかたまっているのを見つけると、そこまで歩いて昼飯を喰うことにした。そばに行ってみると、大きな岩石だった。どれも半ばは土に埋まっていたが、大きなものは隼太の肩ぐらいまであった。

隼太は平べったい石の上にのぼると、打飼《うちが》いをひらいて、ふきにつくってもらった握り飯を出して喰った。腹がすいているので、味噌をまぶして焼いただけの握り飯がうまかった。そえてあるたくあん漬けもうまかった。

――これで、お茶があれば言うことなしなのだが……。

と思った。だが、楢岡図書の話によれば、ここは飲み水もない場所なのだ。事実見わたしても、流れに類するものは眼に入って来なかった。隼太は、嫂に水を入れる竹筒を借りなかったことを後悔した。

――不毛の地か。

隼太は握り飯を頬ばりながら、あたりを見回した。すると思いがけないものが眼に入って来た。さっき通り抜けて来た鳥飼村の雑木林の端に、はるかに遠く、城下の森が見えているのだった。

黄色に見えるのは、城下の南にひろがる田圃の稲架のようだった。ひときわ濃い城の森を囲む城下の木木は、晩秋のものうげな日射しの下に黒ずんだ緑をひろげている。その中に鈍く光る白く小さいものは、城や町屋の倉の白壁らしかった。

さほど山登りをしたつもりはなかったのに、見えている城下のあたりは、隼太がいる場所から見るとゆるやかに傾斜する擂鉢《すりばち》の底にあった。

——そうか。

やはり、この高さが致命的なのだろうと、隼太は改めて太蔵が原の不毛を納得した。通りすぎて来た鳥飼村の小流れのことが、一瞬頭にうかんで来たが、その水路はあまりに細いものだった。近くに湧き水があるのかも知れないが、太蔵が原をうるおすにはあまりにも水量が乏し過ぎるだろう。

太蔵が原が不毛の土地なら、隼太のとりとめのない夢のようなものは、ここで終わるわけだった。そしてあとは、たとえばいま縁談が持ちこまれている普請組の家にでも婿入りし、昼は勤めに出、夜は禄高の不足を補う何かの内職をしながら、若さを磨《す》りへらして行く道をえらぶしかないのだと思った。

それがいやなら、あとは上村家の厄介叔父で、ふきでも女房にもらい台所で飯を喰って一生を終わるしかないが、ふきとの間に出来る子供はことごとく間引かれるのである。

そういう次、三男の運命を理不尽だとも、納得しがたいとも思う気持ちがあったから、あてもない夢のごときものをひそかに胸に隠して来たのだが、それもおしまいだと隼太は思った。そして、そのことを納得するためには、やはりここまで来なければならなかったのだな、という気がした。

――一蔵なら……。

何をいつまで青くさいことを言っているかと、笑うだろうなと隼太は思った。

隼太が腰をおろしている石は、畳一枚ほどもある平べったい石だった。日にあためられてほんのりと乾いている石の上に、隼太は仰向けに寝ころんだ。青い空が視界いっぱいにひろがった。気ままな部屋住み暮らしも、放恣《ほうし》な夢も終わるところだと、隼太は思った。

そのとき、不意にひとの声を聞いた。

「そこの若い者」

と陰気くさいその声は言っていた。

「こんなところで何をしておる」

「は？」

隼太はあわてて石の上に起き上がった。石のかたまりの外側の少し高くなっているところに、菅笠をかぶった武士が一人立っていた。

日射しを背にしているので、笠の中が暗くて顔はよく見えなかったが、鬢《びん》の毛の白いのが見えた。

隼太は石からすべり降りた。

「それがしのことですか」

「ほかにひとはおらんだろう」

男は無愛想な口ぶりで言ったが、そこで急に口調をやわらげた。

「そなた、上村の家の舎弟だな？」

「はい。あなたさまは……」

と言ったとき、隼太にも笠のうちの男の顔が見えてきた。鋭い眼でこちらを凝視しているのは桑山孫助だった。

「あっ、桑山さま」

「そなたには、一度道で出会ったことがある」

と孫助は言った。

「杉山の伜や野瀬の冷や飯喰いなどと、一緒だったろう」

「はい、たしかに」

と言ったが、隼太は孫助が自分の顔を知っているのが不思議でならなかった。

「そなた、わしの家から持ちこんだ縁談をことわったそうだな」

「はい、申しわけありません」

隼太は冷や汗をかいた。だが孫助は、べつにそのことで隼太を責めるつもりはないらしかった。

「それは、まあよかろう。ところで、ここで何をしておる？」

「……」

隼太が言葉に窮していると、孫助は語気を強めてたたみかけて来た。

「ここは、城下から遊びに来るような場所ではないぞ。めずらしいものは何もない」

「はあ、じつは水をさがしに来たのですが……」

隼太は正直に白状した。気持ちから言えば、夢をさがしに来たとでも言いたいところだが、風雨で鞣《なめ》したようなこわい顔をしているおやじに、そんなキザなことを言っても通じまい。そう思って言った隼太の言葉に、桑山孫助は異様な反応を示した。水だと？　とつぶやくと孫助は一歩つめよって来た。

「誰に頼まれてか？」

「いや、べつに……」

顔つきも声音も、急に険しく変わった桑山孫助の様子におどろいて、隼太は思わず弁解口調になった。

「どなたに頼まれたわけでもありません」

「ん？」

孫助はまだ疑わしげな顔をしている。

「それでは、水をさがしに来たというのはどういう意味だな？」

「水をひく手段さえ見つかれば、この太蔵が原がおよそ五千町歩の田地がひらけるだろうと聞きましたもので」

「それを誰に聞いた？」

「楢岡図書さまです」

「ははあ、楢岡……」

孫助は急に納得した顔になった。

「楢岡さまがまだ執政職におられたころ、訊ねられてこの台地のことを説明申し上げたのはわしだ」

「あ、そのときのことですか。谷川に堰を作るのは無理だと進言なさったのは」

「楢岡さまが、そう言われたのか？」

「はあ」

「その谷川を見たいか？」

「え？　この近くですか」

「いや、近くもないが、少し行けば見える。行ってみるかの？　百聞は一見に如《し》かずだ」

そう言うと、孫助はもう背をむけて歩き出していた。隼太はあわてて打飼いを背負うと、跡を追いかけた。

三

降りそそぐ日射しが額に熱いほどだったが、空気が乾いているせいか、汗ばむことはなく気持ちよかった。二人の短い影が、わけて行く枯れ草の上に踊った。

「この枯れた木は何だったのですか」

隼太は立ち枯れの白っぽい木を指さして聞いた。

「山毛欅《ぶな》だな」

孫助は振りむきもせずに言った。

「このあたりは谷間のようになっていて、もとは山毛欅林だったらしい」

「山が崩れて、何里もの間を土砂が流れて出来たのが、この台地だと聞きましたが……」

「誰がそんなことを申した?」

「野瀬です。野瀬市之丞です」

「どこで聞きかじったか知らんが、いい加減なことを言う」

孫助はにがにがしげに言った。

「太蔵が原というものは、太古からあったものだ。元亨《げんこう》二年、というと鎌倉将軍の末期のころだが、その年に大櫛山が崩れてこのあたり一帯を埋めてしまったことは、麓の矢馳村の神社の記録にある。しかし何里などという大げさなものじゃない」

「……………」

「見るとおりせいぜい一里。それも山毛欅の谷を埋めただけだ」

「谷と言いますと、むかしはそこに谷川が流れていたものでしょうか」

隼太は、台地のすぐ下の鳥飼村に流れていた、清らかな小流れを思い出して言ったが、孫助は首を振った。

「そうかも知れんが、このあたりを掘ってみようなどという考えは無駄だ。水はあるだろうが、掘りあてるには何丈もの土を掘らねばならん」

「このあたりの地味はいかがですか。開墾して田畑にした場合のことですが……」

「それは非常によい」

ちょっと、これを見ろと言うと、桑山孫助は無造作に地面にしゃがみ、ありあわせの尖った石で土を掻いた。

そしてひとつまみの黒い土を、手のひらにひろげてちょっと嗅いでみてから、隼太に見せた。

「このとおり、指でつまんでもさらっとして軽い。と言っても粘《ねば》りがないわけではなく、適当に粘りもある」

「はあ」

隼太は孫助の熱心さに釣られて、自分も孫助の真似をして土をつまんでみた。孫助が言う粘りとかさらっとした感じなどというものはよくわからなかったが、土の香りだけは鼻につんと来た。

「古い文書《もんじょ》によると、大櫛山はむかしは火を噴いた山だそうだ」

孫助は眼をあげて、見えない大櫛山の山頂を仰ぐようなしぐさをした。そして手の中の土をはらい落としながら立ち上がると、また歩き出した。

「地中から噴き出した灰と、その上に降りつもった落葉、枯草、または山の獣の死骸などが腐って土と化したものがまじり合って、このあたりの台地をつくっておる」

「……」

「いま開墾しておる浜通りのあたりよりは、よほど地味ゆたかな場所だ。それゆえ、ここを開墾しようと焦る気持ちはわからんでもないが、無理はよくない」

「誰が無理をしているのですか」

隼太は聞いたが、孫助の言葉のあとの方はひとりごとだったらしく、じろりと振りむいただけで返事は返って来なかった。

「あれだ」
桑山孫助の声に立ちどまったとき、二人は台地の端に立っていた。
と言っても、そこが太蔵が原のはずれなのかどうかはわからなかった。前方には
こちら側の前山と似たような丘がそびえて、頂は空までせり上がっているし、その
丘の西の斜面にはいま孫助と隼太が立っている台地に似た、枯野がひろがっている。
ただ、こちらの台地と前面の丘との間に、思いがけない急な斜面がはさまってい
て、その斜面が落ちこむ下の方は、黒っぽい緑の杉林に隠れている。
「見えるかの？　丘の少しこちら側だ」
孫助が指さすあたりを、隼太は眼を凝らしてみた。すると枯草と灌木の陰に、急
斜面に沿って走りくだる亀裂があるのが見えて来た。谷川というのはそれだろう。
斜面がそこで裂けていた。
耳を澄ますと、かすかな水音らしいものが聞こえるような気がしたが、いかにも
狭い小流れに見えた。隼太はいくらか落胆しながら言った。
「あれだけのものですか。あれじゃ水をひくと言っても、物の用に立たないんじゃ
ないですか」
「いや、そうではない」
と孫助は言った。

「あそこまでざっと一町半（約百六十メートル）はあるから、ほんの小流れに見えるが、そばへ行くと幅三間近くはある谷川なのだ。しかも底が深いから、堰を設ければかなりの水はたまる」

「それでは、なぜ反対されたのですか」

隼太は孫助を見た。

「あの谷川が使えれば、ここまで水をひくのはたやすいことじゃありませんか」

「いや、だめだな」

孫助はあっさりと言った。

「わしが反対したわけを聞かせようか」

「はあ。ぜひうかがいたいものです」

「堰をつくれば、かなりの水量を得られると言ったが、斜面が急すぎて、とてもこっちの台地を残らずうるおすほどの水は取れないのだ」

「………」

「ま、それはよしとしようか。水さえひければ、全部はむつかしくともある程度の田畑はひらけるだろうからな。しかし、もっと困った問題がある」

「何でしょう?」

「この斜面の土地が脆《もろ》いことだ。わしはこのあたりの土質はことごとく調べた。すると、こちらの台地とむこうの丘の土質はほとんど同じなのに、間にはさまった斜面だけは土質が異なり、粘りがなく砂の多い土で出来ていることがわかったのだ」

「…………」

「これは記録にもないことでわしの推測にすぎないのだが、勾配が急で土質がまわりと異なるこの場所は、いつごろかわからんが土砂が滑り落ちたあとに相違ない。見るとおり、谷川はえらんだように脆い地盤の中を流れくだっておるわけでな。無理な工事はやるべきでないと、わしは楯岡さまに申し上げたのだ」

「そうですか」

「この斜面の下、ここから見える杉林の先には矢馳村百戸の家がある。いったん堰が切れて土砂が落ちるようなことがあれば、家も田畑も潰れるだけでなく、人命も保証しがたいとも申した」

「…………」

「楯岡さまは、わしがそう言うとご自身ここまで足をはこばれて検分し、それで断念……」

そこまで言って、孫助は不意に言葉を切った。孫助は鋭い眼で、前山の雑木林の方を見ている。その視線を追った隼太の眼に、雑木林から出てくる数人の男たちの姿が映った。

男たちは、村を出たところで孫助と隼太に気づいたらしかった。二人を見ながら、立ちどまって何かささやきかわしていたが、やがてまっすぐにこちらに歩み寄って来た。野袴にぶっさき羽織を着た武士が三人で、先頭の浅黒い顔の男は素手で、そのあとにやや深い菅笠をかぶった男がつづいている。もう一人は肩に測量のための種竿と思われる棒をかついでいた。残る三人は小者だった。

三人の小者は、背に細長い木の箱を背負ったり、まるめた麻縄の先端に物指しがついている鉄鎖をかついだりしている。一人はかなりかさばる四角な木板と、台木と思われる短い木の柱をしばって肩にかついでいた。

男たちは、孫助と隼太の前に来ると足をとめた。そして先頭にいる三十過ぎの黒い顔をした男が声をかけて来た。

「桑山どの。このあたりから、貴殿は手をひく約束ではなかったですかな」

「さような約束はしておりません」

白髪の孫助は、その年下の男に丁寧な物腰で応対していた。その様子を、少しはなれたところで、笠をかぶった中年の武士と、種竿を握る若い武士がじっと見守っている。荷を持つ小者たちは、遠慮したように少し先の方まで行き、そこで立ちどまってこちらを見ていた。

孫助は、それだけの人数にちらと眼を走らせてから言った。

「手をひけということは、そちらさまが一方的に言われたことでござる。だが、ご安心いただきたい。べつにお仕事のじゃまは仕《つかまつ》らぬ」

「しかし、眼ざわりだ」

男は吐き捨てるように言った。それから、不意に眼を隼太にむけて来た。

「そちらは、どなたかな？　桑山どのの配下か」

「いや、ちがいます」

隼太は尊大な口のきき方をする男に、いくらか反感をそそられながら言った。

「藤井町の上村の舎弟です」

「上村？　知らんな」

男は傲慢な口調で言った。隼太を見る眼がつめたかった。

「その上村の舎弟が、何の用で桑山どのと一緒にこのあたりをうろついておるのかな。わけを聞かせてもらおうか」

「べつにわけはありません。桑山さまとはここで偶然に出会ったまで……」

隼太は胸の中の反感を口に出した。

「それともこのあたりは、何かのわけがなければ歩いてはいけない場所になっているのですか」

「……………」

面長の黒い顔をした男は、はじめてちらと歯を見せた。苦笑したのだ。

「口のきき方に気をつけろ、上村」

男は威嚇するように言ったが、その威嚇には奇妙な重みがあった。隼太が口をつぐむと、男はまた顔を孫助にむけた。

「われわれがこの山に入っておることを承知の上で、このへんを嗅ぎ回っておるとみえたが、迷惑だ。以後、遠慮してもらおうか」

「承りました。しかし……」

孫助は、不意に激昂した声で言った。

「堰を設けることには、それがし、あくまで不承知をとなえますぞ。承服出来ません」

「それが本音だな、桑山」

相手はついに孫助を呼び捨てにした。

「いかにも、本音でござる」

孫助が言ったとき、突然に黒く長い物が動いて、孫助の腰を打った。種竿を握っていた若い男が、その棒でいきなり孫助に襲いかかって来たのである。

一撃で、孫助は地面に倒れた。若い男は俊敏な動きで、さらに踏みこんで棒をふるおうとする。隼太は辛うじてその間に躍りこんだ。抜き打ちに、男がふりおろす棒を斬りはらいながら、二人の間をすり抜けた。棒は硬い音がしただけで斬れはしなかったが、空ざまにはね上がった。

だが、男はその棒を放さなかった。すばやく後にさがると、手の中の棒をゆっくり構え直しながら隼太を見た。剣が出来る男なのだろう。男の身ごなしには余裕があり、斜めに構えた棒には一分の隙も見えなかった。

隼太も油断なく、剣を青眼《せいがん》に構えた。そろそろと足を移して、孫助をかばう位置に回ろうとしたとき、眼の端に立ち上がる孫助の姿が映った。その孫助が言った。

「上村、刀をひけ」

「しかし、理不尽なひとたちじゃありませんか」

「まあ、いい。ここは刀を納めろ」

孫助が言ったとき、はなれたところから棒の男と隼太のにらみあいを見ていた浅黒い顔の男も、声をかけて来た。

「山岸、棒をひけ。そのへんでよい」

そのひとことで、若い男はすすっと後にさがったが、道場の床をすべるように、腰は微動もしなかった。男はくるりと背をむけると、棒を肩にかついだ。

それを待っていたように、男たちは一斉に孫助と隼太に背をむけた。男たちが、一列になって枯草をわけ、さっき隼太が出て来た雑木林の方にむかうのを見送ってから、隼太は孫助を振りむいた。

「腰は、大丈夫ですか？」

「大丈夫だ」

と言って、孫助は身体についた埃《ほこり》を払った。隼太もうしろに回って、背中の土埃を払い落としてやった。

「やあ、助かった」

と孫助は言った。

「そなたがいなかったら、もっと厄介なことになったかも知れん」

「何者ですか、あの連中は」

「わしに文句を言った男は、小黒さまの伜だ」

「や、ではご家老の……」

小黒武兵衛は、組頭の家から執政に入って次席家老にすすんだ、藩政の実力者である。算勘の才にたけていて、藩の借財の切り盛りを一手にひきうけているともうわさされていた。

──小黒の伜か。

道理で尊大な口をきいたわけだと、隼太は思った。隼太どころか、桑山孫助だって歯が立つ相手ではなかったのだ。

「山岸というのは何ですか？」

「あれは小黒の家の家士だろう。まるで山犬のような男だ」

孫助はいまいましそうに言い、日射しを振り仰いだ。

「そろそろ行くか。日が暮れぬうちに、町にもどらんとな」

孫助は勢いよく歩き出したが、急に、あいたと言って腰を押さえた。

「痛みますか」

「なに、大したことはない」

孫助は言いながら、顔をしかめている。棒は樫で、山岸という男が手加減しない力をふるったのを見ている。痛むはずだった。

――あの一撃を頭にくらったら……。

生死にかかわる傷になったろうと、隼太は思い、そこまで気づいているのかどうかと、そっと孫助の顔いろを窺った。

「大丈夫ですか。ご城下まで歩けますか」

「心配いらんて。それよりもあの連中、ここで何をしておったと思うな？」

「土地を測っていたようですな」

男たちが持っていた道具を見れば、隼太にもそのぐらいの推察はつく。

「さっきの谷川から、水をひこうとしているんじゃありませんか」

「そのとおり」

と孫助は言った。

「笠をかぶっていた男は、筒井右京と申してな。江戸から招いた阿蘭陀《オランダ》流の町見（測量）家だ」

「江戸から呼んだと申しますと、定府《じょうふ》の者か何かですか」

「ちがう」

桑山孫助は、語気鋭く否定した。

「筒井は市井の町見家だ」

「………」

「高名な男らしいが、わしは筒井を呼ぶことにも反対した。家中、領民にあらざる者に領内の土地を測らせることはつつしむべきだと申したのだが、無視された」

「家中に町見をやる者はいないのですか」

「いるさ」

と孫助は言った。二人は、隼太が台地に出る前にくぐり抜けて来た雑木林のそばまで来ていた。

孫助は、そこで足をとめると、くるりと台地を振りむいた。隼太もそれに倣《なら》った。平坦な台地がどこまでもつづき、北の地平のあたりは前山の裾にひろがる雑木林で終わっている。葉が落ちつくした雑木林は、晩秋の日の下に灰色に煙って見えた。

「このあたりは冬は雪が深いだろうが、しかし、いい土地だ。もったいない」

と孫助がつぶやいた。隼太が黙っていると、孫助は隼太を振りむいた。

「しかし、楢岡さまが言われた五千町歩という数字は、少少見立て違いだな」

「そうですか」

「隅から隅まで耕して、まず三千町歩前後。それも何十年後には、そこまで行くだろうということで、新田開墾は藩庫を潤す即効の薬というわけじゃない」

そう言うと、孫助は身体を回して雑木林に入って行った。隼太がそのあとにつづくと、孫助は先を歩きながら、さっきの話だがと、話を町見のことにもどした。

「わしの配下に塚本という男がいるが、これは和算から来た町見術を使って、なかなか腕のいい男だ。塚本の父親が、兵法家の松宮観山について町見術を修めたと聞いておる」

「…………」

「ほかにも、普請組に森田長作、稲葉兵右衛門という町見術を使う男たちがいて、稲葉はたしか阿蘭陀流のはずだ。また、定府の何とか申す老人が、ちょいと名前をど忘れしたが、町見の名手だというわさを聞いたこともある」

「それでは……」

と隼太は言った。

「よそから町見家を呼ぶことはないじゃありませんか」

「むろんだ」

と言ったが、桑山孫助はそこでむっつりと口をつぐんでしまった。日はいつの間にかすっかり西に回っていた。二人は黙黙と林の中の小道を西にいそいだ。

四

山岸という男に打たれた腰が痛み出して来たのか、桑山孫助の足は城下に近づくにしたがってのろくなって、そのために二人が城下に入ったときには日が暮れて、町はすっかりうす暗くなっていた。

「そなた、いそぐのか？」

まばらな人影が動いている道を歩きながら、それまでほとんどしゃべらなかった孫助が、隼太を振りむいて言った。

「いえ、べつに」

「それなら、一杯つき合え」

と孫助は言った。そう言ってから急に足どりが早くなったようにみえたのは、孫助は案外な酒好きなのかも知れなかった。

二人は、わずかに白っぽい光が残る空の下を、疲れた足に鞭うつようにして歩きつづけたが、孫助が連れて行ったのは、隼太がひそかに考えたような初音町の茶屋町でも、まして比丘尼町のうす暗い路地でもなく、宵の口の光の中では隼太にも見当がつきかねるような、ひっそりした感じの町人町だった。

孫助が入って行った道は、角に米屋が一軒あっただけで、あとは残らずしもた屋だった。その、大部分はまだ灯をともしていない暗い家が左右につづく道を歩いて行くと、表にたったいま灯をいれたという感じの軒行燈が出ている家があって、行燈には小料理「ざくろ屋」と書いてある。孫助はためらう様子もなく、こぢんまりしたその家の門をくぐった。

二人を玄関にむかえたのは、その家の女主人かと思われる身なりの、四十恰好の女だった。

「おや、お奉行さま。おひさしぶりでございます」

女はふっくらした白い頰に微笑をうかべてそう言ったが、すぐに土間に立った二人の足もとに気づいたようだった。孫助も隼太も埃にまみれた草鞋をつけている。

女は、すすぎを持って来るから掛けているようにと言い、奥にひき返して行った。

二人はよく拭きこまれている式台に腰をおろして、草鞋のひもを解いた。

「ここは、どのあたりですか」

　隼太が聞くと、孫助は日向町だと言った。日向町なら、道場がある青柳町の東にある町だが、隼太はこの町には来た記憶がなかった。ひょっとしたらはじめてかも知れなかった。

「この町は、はじめてかも知れませんな」

「あまりひとが来る町ではない」

　孫助はそっけなく言った。

　足を洗ってから、二人は奥の部屋に案内された。と言っても、初音町の料理茶屋などにくらべると、「ざくろ屋」は部屋数もさほどにないようで、二人が案内された部屋は、一本だけしかない廊下の、つきあたりの四畳半だった。

「ここは狭いが、静かなのが取り柄だ」

　酒と肴がはこばれて来ると、孫助は言いわけをするようにそう言い、自分で銚子を取って、隼太に盃を取れと言った。隼太は恐縮して酒をうけた。

　お返しに隼太が銚子を取ろうとすると、孫助は手を振った。

「あとは勝手にやれ。わしも勝手に飲む」

「そうですか。では、失礼して」

「遠慮せずに、肴も喰え」

隼太に一杯ついだのは、太蔵が原の台地で危難を救ってもらった礼ということらしかった。孫助はそれだけ言うと手酌で盃をあけ、膳の上の肴をたいらげるのに専念しはじめた。

肴は塩焼きの小鯛、醬油で味つけした口ぼそがれい、塩でゆでたわたり蟹の足などで、小鯛、わたり蟹は旬《しゅん》のものだった。ほかに里芋や干しぜんまいの煮つけ、小茄子、蕪《かぶ》の漬物、なめこの味噌汁などが出ている。孫助は蟹の足を手で折ると、箸を使わずに肉にかぶりついた。

そうして喰べるのが一番うまいのかも知れなかったが、あるいはただ腹がすいているだけのようにも見えた。

「ひと口に開墾と申してもな」

喰べる方が一段落した孫助は、盃を手にすると、急にさっきからの話のつづきのように、開墾のことを口にした。

「原野を耕して田畑に変えるには、莫大な費用がかかる。まず用水を通さねばならんが、これには玉石、木材、砂利などの資材の費用から、これらの材料をはこぶ馬の駄賃まで勘定にいれなければならぬ。人夫賃だけで片づくことではないのだ」

「……」

「そうなると、藩はまたどこからか万の借金をせねばならんだろう。その金をいったいどこから借りるか。かりに貸す者がいたとしても、いつ返済出来るか。さっきも山で申したとおり、新田が収支相償うようになるまでには、二十年、三十年の年月がかかる」

「そういうものですか」

「そういうものだ。その上使役される百姓の側にも考えるべきことが多多あってな。開墾が長年月にわたると本業の百姓仕事にも弊害が出て来るので困る」

孫助は銚子を傾けたが、一滴の酒も出て来ないので手を叩こうとした。そのとたんに襖があいて、若い女中が銚子をはこんで来た。

「熱いやつをやらんか」

孫助は手酌で自分の盃を満たすと、隼太にも飲めとすすめた。孫助の顔は、酔いが回って赤くなっている。

「聞いているかどうか知らんが、浜通りに長四郎堰を通したのはわしだ。そのために、いまだにあのあたりの開墾から手をひけぬ有り様だが、苦労するのは人夫集めだ」

藩では最初に、領内四郡からそこに田畑がひらかれたら永住してもいいつもりの人間を募る。募集に応じて、四郡の村村の次、三男、水呑み百姓などが集まって来て、開墾場の原野に入るのだが、それだけで人数が足りるわけではない。

ほかにも浜通りがある三ツ浜郡一帯の村村、それで足りなければ隣の加治郡、黒川郡の村村にまで人夫を割りあてて、開墾場に投入する。むろん労賃ははらうけれども、形は夫役《ぶやく》に異ならなかった。そのために、人夫を出す村村が、本業の百姓仕事にさしつかえを来《きた》さないように、人数の割りあて、出役の期間、交代の時期などにはこまかく気をくばる必要があるのだ、と孫助は言った。

「開墾にばかり眼をうばわれて、本来の稲作がおろそかになったり、不作をまねいたりということになると、何のための開墾かわからなくなる」

「それは、よくわかります」

と隼太は言った。酒も肴もうまく、比丘尼町あたりで焼いた鰯や、臍《へそ》に似た田螺《たにし》の煮つけをつつくのとは大違いである。

孫助の話は興味をそそらないわけではないが、長話なので、隼太はいくらか退屈していた。丹念に小鯛の肉をむしりながら、いくらかおざなりに相槌を打った。

「百姓というものはな」

と言いながら、孫助が不意に隼太の手もとにじっと眼をそそいだので、隼太はあわてて箸をおくと、耳を傾ける姿勢をつくった。

「百姓というものは、見ておるとじつにひまなく働くものだ」

「そうですか」

「自前は自前で、水呑みは水呑みでそれぞれにいそがしい。雪の降る冬だけは、田仕事から解き放されていくらかひまになるというものの、それでも冬仕事というものはある」

「……」

「藁《わら》仕事、山仕事。一年の間に使うだけの縄、草鞋といったものは、冬の間に作らねばならないし、俵、蓆《むしろ》も編まねばならん。なお余力があれば蓑《みの》をつくろい、背負子《しょいこ》をつくろうというふうでな。その山に山奥から大木、大石を切り出すのは、橇《そり》を使える冬の仕事だ」

「……」

「わしは、そういう百姓仕事に出来るだけ障《さわ》りが出ぬように、一村から出す人数を少なくし、交代の時期も考えながらやっておるつもりだが、それでも長い間には、使役される村の側には疲れが出て来る。その上百姓の中には、開墾仕事の手間賃で酒を飲むことをおぼえ、いつの間にか田仕事を嫌うようになる者もおる」

「むつかしいものですな」

「開墾というものはそういうものゆえ、みだりに手をつけるべきものではない。長四郎堰のまわりの開墾も終わらぬうちに、太蔵が原に手をつけようというのは間違っておる」

「なぜ、そういうことをやるのですか」

「上の方の焦りだな。開墾さえやっておれば、いまに藩庫が黄金で満たされるように思うのかも知らんが、裏返せば何もやらんで借金で喰っておっては、不安でたまらぬという気持ちだろう」

「……」

「それに、もうひとつのわけがある」

孫助は言い、隼太にもっと飲め、遠慮はいらんぞと言った。隼太は言われたとおりに盃をあけた。

「もうひとつのわけと言うのは、何でしょうか」

「浜通りの開墾が行きづまっておる」

孫助はうつむいて酒をすすった。

「長四郎堰の東の原野は、なかなかの良田に変わり、村も出来てひともふえておる。しかし堰の西側の土地は、まったくの目算違いだった」

「砂ですか」

「ひと口に言えばそうだ。しかし砂丘の陰の堰に沿う土地およそ一千町歩は、田畑とすることが可能だろうと、わしは上の方に申したのだが、事実はこれまでに開墾した土地は百町歩に満たない」

「よほど地味がわるかったのですな」

「予想以上にわるかった。砂が多いことはわしもある程度は覚悟しておってな。開墾したあとには近くの笠取山を崩して土をはこばせたのだ。さっきも申したとおり、冬仕事というものがあるにはあるが、雪がつもっている間は百姓にもいくらかひまは出来る。しかも橇を使えば、笠取山から一直線に開墾地まで土をはこぶことが出来る」

「……………」

「そこで、上の方と相談して領内から千人の百姓をあつめ、橇で一気に土をはこばせた。去年の冬だ。日程の途中で天気が変わってな。海から来る横なぐりの吹雪に、さすがの百姓もこごえてしまうほどの難工事だったが、とにかくこれでよかろうと思うところまで土を入れた。さて、どうなったと思う？」

「さあ」

「それだけの土が、物の役に立たなかった」

孫助は猿のように赤くなった顔を傾けて、酒をすすった。

「いや、まったく役に立たないということではないが、さらに土を入れたとしても堰の西側にひらける耕地はせいぜいあと百町歩。目算が大きくはずれたことに違いはない」

「………」

「そこで上の方の眼が、にわかに太蔵が原の方に向いたというわけだな。わしがそれに反対していることはさっき話したとおりだが、なにせわしは、さきの土入れの一件ですっかり上の信用をなくして、耳を傾ける者は誰もおらぬ」

「しかし、さっきの谷川に堰を設けることは危険なのでしょう」

「きわめて危険だ」

「それでは、それがしは桑山さまを支持します」

孫助は酔いでにごった眼を、じっと隼太に据えた。それから顔を仰向けると、力のない声で笑った。

「部屋住みのそなたに後押ししてもらってもな」

孫助は、ではそろそろ行くかと言うと、ひょいと立ち上がったが、急にいた、たと言って、痛みをかばうように腰を曲げた。

「まだ、痛みますか」

隼太も立って、すばやく手をさし出したが、孫助はその手を振りはらった。

「心配するな。急に立ったからだ」

「お家までお送りしましょう」

「まだ、そこまで年寄ってはおらん」

孫助は背をのばして見えを切ったが、部屋を出たところで今度は大きくよろめいた。かなり酔ってもいるようだった。

五

結局隼太は、孫助を送って左内町まで行った。左内町は掘割をへだてて初音町の北側にひろがる町で、家中でも中級家臣とされる者の屋敷がならぶ武家町である。

「まあ、上がれ」

表口から暗い土間に入ると、孫助はそう言って隼太の袖をつかんだ。隼太は恐慌を来してその指をはずした。

歩いているうちに飲んだ酒がいくらかさめて来て、その頭のさめた部分に、醜女だという孫助の娘のことがうかんでいる。孫助を送って来た軽率さを悔いてもいた。

「いえ、もはやおそいことでもありますし、ここで失礼します」

「まだ早い。途中で聞いた鐘は、あれは五ツ（午後八時）だ」

生酔い本性たがわずで、孫助はひょろつく足をはこびながら、常徳寺で鳴らす鐘の音を数えていたらしい。

孫助は変にしつこい口調で言った。

「上がれ。まだ、話は終わっておらん」

「しかし、夜分突然におじゃましては、ご迷惑になりましょう」

「迷惑？　誰も迷惑などせん」

と言って孫助はまた、隼太の袖をつかんだ。

「この家は、そういう家ではない」

二人が揉み合っていると、そばの下男部屋の戸があいて、腰の曲がった年寄りが出て来た。そして、旦那さまお帰りなさいましと言った。

「甚平、客人だ」

と孫助は老人に言った。

「湯をわかして、茶を持って来い」

「かしこまりました。その間にお茶の間に灯を」

老人はよたよたと式台に駆け上がり、茶の間に入って行った。

茶の間が明るくなり、甚平がまたよたよたと走って式台につづく台所に入って行く間に、孫助と隼太は草鞋をはずした。

「足は一度洗ったからよかろう」

孫助に言われて、隼太は草鞋と足袋をぬぎ捨てると、孫助のあとにつづいて茶の間に入った。式台に上がったとき、台所の左手の方に明るい灯のいろが見え、奥の部屋にひとがいる気配がしたが、土間のやりとりを聞いて誰かが出て来るような様子はなかった。

「楽にいたせ」

孫助は隼太に言って刀をはずすと、箱火鉢をへだててずかりと坐ったが、釣られて坐ったものの、隼太はひどく居心地が悪かった。

部屋の中は寒寒としているが、二人の間にある火鉢には火の気もなく、家の中は物音ひとつせず客を迎えた家の雰囲気ではない。その上、正面に坐っている孫助は猿のように赤い顔をし、改めて隼太を吟味するといったふうの、無遠慮な眼をそそぎかけて来る。隼太は言った。

「それがし、そろそろおいとましませんと」

「まだ、よい」

孫助はにこりともしないで言った。

「まあ、落ちつけ。いま、茶を馳走する」

その茶だって、さっきの年寄りがいれるのではさほどうまくもなかろう、と隼太が思っていると、孫助は不意に言った。

「それに、まだそなたの返事を聞いておらん」

「返事？」

隼太は孫助を見た。

「何の返事ですか？」

「そなたが、何のために太蔵が原に行ったかだ」

「それは、さきほども申し上げましたとおりで、水をさがしに行ったのです」

「何のためにだ」

「……」

「誰に頼まれたわけでもないと申したな？」

孫助は、声を立てずに笑った。隼太の当惑ぶりをおもしろがっている気配だった。

「さあ、それでは何のためだ」

そう言ったとき、甚平という年寄りが部屋に入って来て、台所からはこんで来た熾火《おきび》を箱火鉢に入れた。

「べつに、これと言ったわけはありません」

「隠すな」

と言った孫助の語気が鋭かったので、部屋を出ようとした甚平が、びっくりしたように主人を振りむいた。

「隠さんでもよい。わしにはお見通しだ」

「……」

「あの原っぱを探索して回って、どこかに水の手を見つけてわが手柄にしようと、まずはそんな見当だろう。違うか」

「手柄というものとは、少少違うと思います」

と隼太は言った。孫助の言い方にしたがうと、太蔵が原をたずねた動機が、にわかに安っぽく功利的なものに変質してしまうような気がした。

「どう違うのだ？」

「たしかに、水の手を見つけて上の者をあっと言わせたいという気持ちがなかったとは言いません。しかし、それを手柄にしたいとか、出世の糸口にしようとかいう考えは、毛頭ありませんでした」

「そうかな？」

孫助は意地のわるい口ぶりで言った。

「先のことまでは考えていなかった、というだけのことじゃないのか」

「……」

「つまりは上の者に認められたかったのだ。違うか」

そうだろうかと隼太は思った。隼太を大櫛山の麓に赴かせたものは、隼太の立場からひと口に言えば、それは青春の鬱屈といったものだったのである。

部屋住みの気楽さで、それまではあまり気にもかけなかった家中の中の身分差別、たとえば上士と下士は同席せずというようなしきたりが、にわかに日常的な色合いを帯びて隼太の前に立ちあらわれて来たのは、多分杉山鹿之助が家督を継ぐと言い出したころからだったろう。

そして、鹿之助が楢岡の一人娘千加を娶るころになると、隼太にももはや疑う余地のない明瞭さで、身分というものが見えて来たのである。鹿之助は千加を娶り、いずれは執政にすすむ男だった。そして隼太はと言えば、せいぜい百石そこそこの家に婿入りし、やがては家中身分という枠の中にきっちりとはめこまれて生きるほかはないのである。

それが大いに不満だと言うのではなかったが、そういう先行きの光景が眼前に見えて来たとき、隼太は、太蔵が原の水の手が楢岡図書の言うように藩にとってそれほどの重大事なら、ひとつ、身分も何もない部屋住みがそれを見つけて、上の者をおどろかせてやろうではないかと思ったのである。

むろん、開墾に必要な水の手などというものが、そう簡単に見つかると思ったわけではないが、そう考えることには夢みるたのしみがあった。そしてそのたのしみの中には、楢岡の娘に対するほのかな物思いさえも、一瞬の白昼夢のように打ちくだいてしまう身分というものに対する反逆の気負いも、少なからず含まれていたのである。

それだけのものだと思っていたが、太蔵が原で水の手をさがすということは、大人の眼、ことに藩政の要路にいる者の眼から見れば、やはり孫助が言うような意味を持つのかも知れなかった。たしかに心に鬱屈を抱える部屋住み身分の者ででもなければ、一人で太蔵が原に入りこんで、水の手をさがすなどということをやりはしないだろう。

そう思うと隼太は、孫助に自分でも意識しなかった心の中を言いあてられたような気もして来た。自分を駆り立てていたのは、つまりは杉山鹿之助に対する暗い嫉妬にすぎず、要するにひと手柄立てて藩内で名をあげ、鹿之助や千加をおどろかせてやろうとしただけのことではなかったのか。

隼太は苦笑いした。

「自分では欲得をはなれた気持ちのつもりでしたが、言われてみれば、おっしゃるような山っ気がまったくなかったとは言えません」

「欲得ずくのどこがわるい」

孫助はあくまでも俗な言い方をしたが、そこに甚平がお茶をはこんで来たので、隼太に茶をのめとすすめた。

そして自分は引きさがる甚平を追って立つと、部屋の外でしばらく何か話していたが、もどるとすぐに話をつづけた。

「若い者には、山っ気というものも必要だ。ことさら脂切《あぶらぎ》ったことを言えとか、それらしく振る舞えとかすすめるわけではないが、腹の中に覇気のひとつぐらいは隠しておくようでないと、若い者とは言えぬ。悟りすましたようなことを言うのは、年寄ってからでよい」

孫助は煽るような口ぶりで言った。

「藩政ぐらいは、ひとつこのおれが牛耳ってやるなどと、思ったことはないのか」

「……」

「近ごろの藩政のありようを見ておれば、気骨のある若者ならそのぐらいのことを考えそうなものだが、どうだ？　そんなことを思ったことはないのか」

「とても、とても……」

隼太は笑った。

「それがしは一介の部屋住み。下手をすると婿に行きあぐねるかも知れない身分で、藩政などということは、考えるだに遠いことです」

「なに、そんなこともないさ」

と孫助は言って、あごをなでた。

「なるほど、藩政に参画するには家柄というものが必要だ。上村の次男坊では、そういう家に婿に入るというのはちとむずかしかろうが、ほかに道がないわけではない」

「………」

「たとえば、この家だ」

と言って、孫助はほの暗い天井をぐるりと見回すようなしぐさをした。

「先代は代官を勤めた。先先代はわしと同様、郡奉行を勤めた。知っとるかも知れんが、わしは婿でな。この家に来たときは二十六だった」

「はあ」

孫助が桑山家の婿養子だとは、初耳だった。隼太が好奇の眼をむけると、孫助は無表情にうなずいてみせた。

「二十六までは、農政などということは、知りもしなければ関心もなかった。しかし家督を継ぐと否応なしに郷方廻りの仕事にまわされて、いつの間にか郡奉行の職についた。家柄というものはそうしたものだ。何かの障りがないかぎり、そう大きく世襲の形から逸れるものではない」

「………」

「故に、かりにそなたがこの家の婿に納まったとするか」

と言って、孫助はにらむように隼太を見た。

「大過なく勤めれば、やがて郡奉行まではすすめるだろうて。それは請け合ってもいい。しかしそれでは藩政への参画などというところには、まだまだ手がとどかぬ。だがだ」

「……」

「わしが、郡代にすすむだろうというわさがあったのを聞いておるかの？」

「はあ、うけたまわりました」

隼太は用心深く答えた。

「さっき世襲ということを申したが、農政というものは生き物での。郡代、郡奉行、代官、すべて無能では勤まらぬ。また、ここだけの者もだめだ」

孫助は、自分の頭を指さした。

「脛毛《すねげ》が摺りへるほど村村を回り、田畑を見て回ることを厭わぬ者でないと、作物の出来、不出来も見わけられねば、百姓の本音を聞き取ることも出来ぬ。まして頭も働かず、口先だけの者においてをやだ」

「はあ」

「有能はなかなか認められぬが、無能は一年であらわれる。郷方廻りの役職に比較的人事の交代がひんぱんなのはそのせいだ。放置すると藩の命取りになりかねぬからの」

「むつかしいお役目ですな」

「まあ、そうだ。しかしそういう事情だから、わしに郡代の声がかかることにもなったのだが、惜しいことに……」

孫助がそこまで言ったとき、廊下に女の声がして、障子がするりとあいた。振りむいた隼太の眼と、障子をしめてこちらを向いた女の眼が一瞬かち合って、隼太はどぎまぎしながら顔を伏せた。

入って来たのは女中ではなく、孫助の娘だろうと思われる見なりをした若い女だった。平凡な顔立ちだが、市之丞が言うほどの醜女ではなく、丸顔でおとなしそうな娘に見えた。

娘はささげて来た盆から、熱い茶と菓子を二人の前に取りわけ、甚平が出した茶碗と取りかえると、低い声ですすめて立ち去った。うすい化粧の香が、後に残った。

孫助が咳ばらいした。

「上の娘の満江だ」

言って孫助は、天井を見てとぼけ顔をつくったが、隼太には孫助の魂胆が読めていた。上がって行けとしつこくすすめたのは、さっきの娘を見せたかったからに違いない。

「どうだ。上村」

眼を隼太にもどした孫助が、いかめしい表情で言った。

「この家の婿になる気はないか。わしは上の方の機嫌をそこねてしまったから、郡代にのぼるどころか、いまの職にとどまることも心もとなくなったが、郡代といえば執政に手がとどく役職だ。わしはそこまで行った」

同じ表情のままで、孫助は猫なで声を出した。

「つまり、この家の跡をつげば、本人の努力如何でそこまで行けるたのしみはあるということだ。並の家の婿になっては、そうはいかんぞ」

「はあ」

「娘を、どう見たな? 不細工な娘だが……」

「いえ、心ばえなかなかおとなしげな娘御に拝見しました」

「おとなしい?」

孫助は突然馬がいななくような笑い声を立てた。隼太がよほどおかしなことを言ったらしい。孫助は、最後には苦しげに咳きこんでから、やっと言った。

「上村隼太か。尊公もあまり女子《おなご》を見る眼はないらしいの」

「……」

「あれの猫っかぶりが見えなかったようだが、まあよかろう。男子の本懐は別にある」

速い引き足でさがる市之丞に、隼太はぴったりとついて行った。さがりながら、市之丞の竹刀が下段の構えに入る。眼は相手の眼をにらんでいるのだが、隼太には市之丞のその動きがわかった。半ばは勘で、すいと右に回りこんだ。

つぎの瞬間、二人は足をとめ、はげしく踏みこみながら打ち合ったが、隼太の打ちこみがぴしりと市之丞の肩をとらえたのに対して、市之丞の竹刀は隼太の脇腹をかすめる形で空を切っただけだった。

「参った、参った。今日は調子がわるい」

「言い訳をするな」

隼太が言うと、市之丞は苦笑して手を挙げた。これまでという合図だった。三矢庄六も出て来て、ひさしぶりに三人の顔が合ったので、道場の帰りに比丘尼町に寄る相談が出来ていた。道場で顔が合うとすぐに、隼太が桑山家に婿入りすることを打ち明けたので、今夜の比丘尼町行きには、隼太の婚約を肴に飲むという意味が含まれている。

二人は先に顔を洗い、師範代の羽賀吉十郎に挨拶すると、中根又市に稽古をつけてもらっている庄六に合図を残して、外に出た。夕方なので、道場に残っている者は十人前後に減っていた。

「そうか。おまえもいよいよ身を固めることにしたか」

外に出るとすぐに、市之丞がそう言った。二人は道場の門脇の板塀にもたれて腕を組み、庄六を待つ姿勢になった。向かい側のしもた屋の塀下に、消え残った雪の塊が半ば黒くなって横たわっているのが見えるが、西空に傾いた日が二人の胸から上に射しかけ、寒くはない日暮れだった。

「しかし、桑山の娘は不器量だろう」

「そんなことはどうでもいいんだ」

「おや、悟ったような口をきくじゃないか」

市之丞は隼太の顔を見た。だが隼太が相手にしないので、また腕を組むと塀にもたれた。

「庄六も大体決まったらしいな」

「おい、ほんとか」

「ほんとさ。おれだけが取り残される」

だが、市之丞はそこでくすくす笑った。

「庄六の相手は普請組の藤井の娘なんだが、遠い親戚の法事か何かで顔を合わせてから、お互いに気に入ったということらしいぞ」

「へーえ、そりゃあまた」

隼太も笑った。庄六にしては上出来の話だと、隼太は気持ちがあたたまった。

「あのへんの女たちは、日に一度は佐伯町まで買い物に出る。庄六はよく、こっそりと娘を見に行ったらしいな。そうだ。これから藤井の娘を見に行くか。時刻はまだ早いんだ」

道場から出て来た庄六にそう言うと、庄六は必死に抗《あらが》ったが二人に押し切られてしまった。男たちは六斎川を西にわたり、雪が消えた畑を早駆けで突っ切ると、組屋敷のそばの道に出た。そこで長い間待った。

「今度来たのがそうだ。背の低い方だ」

庄六がささやいたのは、もう日が沈みかけたころだった。手に風呂敷包みをさげた若い女が二人、道の正面から来て、組屋敷の門を入って行った。

「色が白くて、かわいい娘じゃないか」

「うむ。庄六には似合いだな」

と市之丞も言い、さらにつづけた。

「連れも美人だったが、どこの娘だ？」

「あれはこの中の、井上の娘だよ」

井上？　隼太は思わず組屋敷の門を振りむいた。桑山の話がまとまり、井上の縁談をことわったのは、つい一月前のことである。さっきの娘とそこですれ違ったのだ。

——おれの青春が終わるところだな。

なぜか隼太は、強くそう思っていた。

春の雷

一

　果たし状をつきつけて来た野瀬市之丞を、又左衛門はばかなことをやる男だと思っていたが、だからと言って事実そのものを軽視しているわけではなかった。又左衛門の直感は、市之丞がまったくの正気からその行動に出て来たのを嗅ぎあてている。

　その危険な男が、事前に又左衛門に会うことを固く拒んで行方をくらましていることは、嚥下《えんか》しがたい異物のように胸につかえていたが、一夜が明ければ、又左衛門は市之丞にばかりかかまけているわけにもいかなかった。

　朝飯の席に、妻の満江は頭が痛むと言って起きて来なかった。満江の頭が痛むとか肩が凝るとかいうことは、まるで病気の問屋のようにつぎつぎと身体《からだ》の不調を訴えはじめた数年前からのことで、べつにめずらしくはなかった。

子供は三人いたが、長男は夭折《ようせつ》し、跡つぎである次男の仲次郎は近習《きんじゅ》組に属して江戸に行っているし、末の娘菊井は二年前に家中の家に嫁入った。

藩から拝領している与力町の広い屋敷に住むのは、初老の夫婦と召使いだけである。それも満江が身体の不調を理由に、夜ははやく自分だけの寝間に籠り、朝も今朝のように起きて来ないことが多くなると、又左衛門は一日中妻の顔を見ないでしまうことさえあるようになった。

だが又左衛門は、それが不満だとか不便だとか思ったことは一度もない。妻と顔を合わさないで済むことは、ひとにこそ言われね、気楽なことだった。

又左衛門は、子供女中のともに給仕させて、手早くひとりで朝飯を済ませると、家士の青木藤蔵を呼んで、別室で待っている郡代の白井徳兵衛、城下の造り酒問屋西島彦三郎を一人ずつ居間に案内させた。

多いときは朝の客が十人にもなることがあるが、今朝は二人だけだった。

先に呼ばれた造り酒問屋の西島の用件は、暮れに納める酒役銭のことと、今年の稲の作柄の話だった。藩では、その年の稲作の出来によって翌年の醸造石数《こく》を制限することを決まりとしていたので、問屋仲間の世話人を勤める西島は、代表としてそのあたりの感触をたしかめに来たということらしかったが、作柄については、藩はまだ最終的な判定を取りまとめ中だった。

又左衛門は正直にそう言ったが、ただし検見《けみ》の結果から言えば、来年の許可石数が今年を下回ることはなかろうと、西島に希望を持たせてやった。役銭の方の話は、年内に領内で五軒もの造り酒屋が潰れたので、役銭の上納が年初の見通しを下回ることになったという報告だけだった。ただその話の中で、西島彦三郎は抜かりなく、藩が来年も清酒一升につき五文という現行の役銭の額を保って行くつもりかどうかと又左衛門の腹をさぐり、又左衛門は又左衛門で、それとなく従前のままで行くことを匂わして話は終わった。

酒役銭は、藩内には安すぎるという意見があり、造り酒問屋の方には逆に、一升につき五文もの役銭を取るのは藩の横暴だという声があって、まともに取り上げるとかなりもつれる可能性がある話題になっていた。

西島は最後に、濁り酒の密造が依然として跡を絶たないことと、隣接する天領の造り酒が、藩が歯止めとして設けた口銭を払わずに、いわゆる忍び売りの形で領内に流れこんでいる形跡があることをこぼし、暗に藩の強い取り締まりを要望して帰って行った。

西島との話は四半刻《しはんとき》（三十分）もかからずに済んだが、白井徳兵衛との話は長くなった。白井は、取り入れの早い加治、黒川二郡の作柄について、郡代としての最終的な見解を示す数字を持って来たのである。山地から遠い平野部を占める二郡では、稲の取り入れが早く、早稲は籾《もみ》となり晩稲も半ばは取り入れを終わっている。又左衛門と白井の話の中身は、検見の時の稲作の判定と、実際の取り入れが半ば終わったいまの作柄判定との差を、白井が持参した帳付けをもとに、一村ごとに綿密につき合わせることだった。

両度の判定の間に、多少の差が出て来るのは避けられないことだが、目立つほどの極端な差は、放置すれば年貢の不公正につながる。そのときは該当する場所の年貢を手直しすべきだと主張したのは、郡奉行時代の又左衛門である。

だが当時、藩では又左衛門の進言を一蹴した。作柄の判定は一度の検見で十分であり、年貢の手直しなどは、藩庁の権威を自ら貶《おとし》めるものだと、逆に又左衛門はこっぴどく叱責されたのである。又左衛門が執政に入ってからは、特別の場合は手直しもやむを得ないというように風向きが変わって来たが、執政の中にはいまだに以前と変わらない頑固な反対論をとなえる者もいた。

照合した結果、検見の見込みと白井が判定を下した実際の収穫量の間に、歴然とした差が出ているのは、梵天川の西岸にひろがる五カ村だけだった。堤防が切れて水びたしになった新屋敷村の、北側につづく村村である。

「やはり、このあたりか」

帳面を指で押さえながら、又左衛門が言った。

「しかし、新屋敷村は別格として、ほかの村にこうも大きな見込み違いが出たわけは何かの？」

「やはり、風でござりましょう」

と言って、白井は顔を上げた。

「あのときの風水害は、わが領内では雨よりも風が強く、梵天川上流の天領の一帯では風よりも雨がすさまじかったと言われています。その風ですが、海から来た大風がちょうど河口から入って、わが領内を西から東に横切る形になりました」

「なるほど」

「そのときに、海から吹きよせられた塩気が稲についたものかと思われますが、刈り取りが近づいたころから、急に立ち枯れする稲が目立つようになりました」

「虫ではないのだな？」

「はい。虫の害でも、病気でもありません。しかも河口に近い村ほど、田圃が真っ白になるほどの被害が出ておりますので、まず原因は間違いなく風だろうと……」

「よろしい」

と又左衛門は言って、帳面を白井の方に押してやった。

「では、いつものように被害の詳細を添えた減免の嘆願書を出させるように。貴公らの仕事がふえようが、手続きを踏まぬと、またうるさいのがかれこれ申すだろうからの」

「心得ておりまする。では、そのように」

白井徳兵衛との打ち合わせが終わったときは、時刻は四ツ（午前十時）近くなっていた。白井が帰ると、又左衛門はいそいで登城の支度をし、青木藤蔵と下男の友吉をしたがえて家を出た。友吉は、又左衛門が婿入りしたときに、桑山家で下男勤めをしていた甚平の伜である。三人が屋敷を出るころになっても、満江はまだ臥せているのか顔を見せなかった。

しかし一歩外に出ると、町の上には家の中の些細な煩いを忘れてしまうほどに、気持ちよく晴れた空がひろがっていた。

与力町は町の北側で楢岡の屋敷がある和泉町とつながり、東側の一部で野瀬市之丞の実家がある御小姓町と接触しながら、城の北濠端までひろがっている武家町である。濠端に出るまっすぐの道を歩いて行くと、右手におだやかな晩秋の日射しに光る乾櫓《いぬいやぐら》の屋根瓦が見えて来た。日射しが明る過ぎて、櫓の北側は眼に暗く映る。秋が深まった証拠だった。本丸の建物は、濠端の松に遮られて見えなかった。

二ノ丸の濠端に出ると間もなく、濠にわたした幅広い土橋と冠木《かぶき》造りの二之門の前に出たが、北に向く二之門は、平時は使われない門である。いまもひっそりと閉ざされたままだった。又左衛門は明るい日に照らされた濠端の道を、大手門の方にむかって歩いて行った。

「光明院に行ったが……」

又左衛門は、青木藤蔵を振りむいた。

「市之丞には会えなかった」

「はあ。すると……」

藤蔵はうろたえた顔をした。

「それがしの見間違いでしょうか」

「いや、そうではない」

又左衛門は、前を向いたままにが笑いした。

「やつは寺で、おまえの姿を見かけると、わしが行くと悟って逃げたのだ」

「なぜでしょうか」

「むろん、わしに会いたくないからよ」

と又左衛門が言ったが、返事がない。振りむくと当惑顔の藤蔵と眼が合った。藤蔵には事情を話していないから当然のことだが、又左衛門は果たし合いの一件を誰にも言うつもりはなかった。

もう一度繰り返した。

「わしに会いたくないから、寺を逃げだしたのだ」

「いかがいたしましょうか」

いくらか緊張した声で、藤蔵が言った。

「もう一度、おさがし申しましょうか」

「それよ」

依然として、つかまえて話せば何とかなろうという気はするのだが、はたしてそうかと又左衛門は迷う。

「しかし、お会いになりたいのではありませんか。それも至急に……」

「それはそうだが」

と言って、又左衛門は藤蔵がようやく事の重大さに気づきはじめているのを感じた。

「しかし、つかまるまい」

「いえ、少少おひまを頂けば、かならず行方を突きとめます」

藤蔵はきっぱりと言った。行く手に三ノ丸の御厩と卯の口門が見えて来た。又左衛門は首を振った。

「では、さがしてみるか」

「はあ、そういたします」

「だが、無理するなよ」

又左衛門は立ちどまって、藤蔵を見た。

「市之丞も老いぼれて来たが、空鈍流を遣わせれば、腕はおまえよりまだ上だ。それに……」

「……」

「根性が曲がっておる」

又左衛門はゆっくりと卯の口門の方に歩きながら言った。

「しつこくするなよ。よいか、見つからぬときは見つからぬでよい。市之丞を怒らせるな」

卯の口門を出て来て橋を渡り、にぎやかに談笑しながら三ノ丸の会所に向かいかけた数人の若い家中が、又左衛門の姿を見かけてあわてて足をとめ、会釈した。会釈を返して橋にむかいながら、又左衛門は、野瀬市之丞の性格ががらりと変わったのはあの事件があってからだと、遠いむかしにあった悲惨な出来事を思い返していた。

桑山家に婿入りしてあらまし二年半ほど経った、晩春のその日。隼太は朝から気持ちが苛立っていた。

藩ではその年、山の雪解けを待って、いよいよ太蔵が原の開墾に手をつけた。それはいいとして、藩は今度の開墾を領内挙げての一大事業とするために、二百石以下の家中から男子一名、扶持米取りの下級藩士の次、三男は事情の許すかぎり残らず、半年間の開墾手伝いを命じる措置を打ち出したのである。

ただ働きではなく、藩ではその手伝いに身分に応じて飯米と労賃を支払うことにしたので、借り上げ米のために暮らしが困窮している一部の家中や扶持米取りの家では、その手伝いをひそかに喜んでいる向きもあったが、大方の家中は、前代未聞の今度の命令を迷惑がっていた。

藩がいまの領国に封じられたのは、およそ百六十年ほどもむかしの元和《げんな》の時代で、そのときも、新しく城を築くために藩士がぼろをまとい、素足に草鞋ばきで畚《もっこ》をかついだことがある。そのむかし話を引き合いに出して、家中が土方の真似をするのはわが藩のお家芸とみえる、と皮肉を言う者もいれば、飯米をやるから畚をかつげとは、武士を愚弄するも甚だしいと怒る者もいた。

しかし隼太は、それについては義父の孫助からべつの裏話を聞いている。

藩が、反対論の多い中で今度のような措置を決めたのは、太蔵が原開墾を財政建て直しの大事業として意味づける、などということに狙いがあるのではなく、藩士も開墾に手を貸さざるを得ないきびしい時勢かと、藩内の危機感を煽っておいて、来年から十五年ぶりの御賄いを強行するのが、執政たちの腹だというのである。

孫助の観測によれば、いまの借金財政からみて、御賄いは両三年はつづけなければ効果は出ないだろうということだった。藩士の開墾手伝いは、要するにそのための儀式に過ぎないわけである。指揮を取るのは中老の内藤与七郎で、太蔵が原には人夫と手伝いの藩士、あわせて七百人を収容する小屋が出来上がっているといううわさも聞こえた。

隼太はそこに行くのが、いかにも気がすすまなかった。孫助から裏話を聞いたせいでもあるが、太蔵が原の開墾は、もともと孫助が時期尚早《しょうそう》だとしてずっと反対しつづけて来たことだからである。

孫助は、太蔵が原の開墾は、使役される百姓に疲弊を来《きた》さないように、細心の考慮を払いながら、百年の歳月をかけてすすめるべき事業だと主張し、水を引く方法も十分に出来上がっていないときに、大勢の人夫を注ぎこんで、速戦即決で開墾を強行しようとする藩の姿勢を強く批判した。

管轄する土地と領民を守り、区域の山林治水の事一切を司《つかさど》る権限を持つ郡奉行としては当然の発言だったが、その批判のために孫助は執政たちに疎まれ、郡奉行の職を解かれて太蔵が原とは何の関係もない赤石郡の代官に格下げされてしまった。いまは領国の北端にある塩崎の代官所に泊まりこんでいる。

その孫助も、苦笑しながら「怪我せぬように、ほどほどに働いて来い」と言っただけで、藩命を無視してよいとまでは言わなかったから、開墾へは行かなければならないのである。出発は明朝の明け六ツ（午前六時）。家中の者は、城下はずれ金谷橋そばの宝鏡院境内に集まり、そこから隊伍を組んで太蔵が原にむかうことになっていた。

隼太はその支度をしていた。義母も妻も、義妹も奥の部屋にいるはずだが、支度を手伝おうという者は誰もいなかった。朝、妻の満江とはげしい口論をしたのが原因である。

——ええと……。

肌着はこれでいい、草鞋の替えは二足用意すればいいと言ったな、と風呂敷に包むべき品を点検しているうちに、隼太は手もとがいやに暗くなったのに気づいて顔を上げた。

そのとたんに、眼を強い光に打たれたような気がした。間を置かずに雷の音がとどろいた。

——ほう、雷か。

春にしてはめずらしいことだと思っているうちに、ぽつりぽつりと雨の音がして、部屋の中はいっそう暗くなった。

二

隼太は立って行って障子をあけた。まだ七ツ（午後四時）前だろうと思われるのに、外は日暮れのように薄暗くなっていた。雨脚が強くなり、また稲妻が光った。

「若旦那さま」

隼太が立ったまま庭を濡らす雨を見ていると、縁側の端に甚平が現れた。

「お客さまでござります」

「どなたかな？」

「野瀬さまですが……」

「野瀬か」

重苦しい気分でいたので、隼太は何となくほっとして言った。

「野瀬なら、上がってもらえ」

「いえ、それがすぐにお暇《いとま》するので、お話だけと申されております」

「何の話だろうな」

「野瀬さまは、旅支度をしておいでのようでござります」

「旅支度だと？」

よし、行くと言って、隼太は障子を閉めると甚平の後について土間の方にいそいだ。

うす暗い土間に、蓑、笠をつけた長身の市之丞が立っていた。甚平の言うとおり、市之丞は馬乗り袴をはき、足もとを厳重に足袋、草鞋で固めている。その恰好はどうした？　と隼太が聞くと、市之丞は笠を取りながら言った。

「一蔵がひとを斬って、逃げたぞ」

「ひとを斬った？」

隼太は鋭く市之丞を見た。

「相手は？」

「丹羽佐平治。奏者だ」

「奏者だと？　なんでそんな男と……」

「わからんか。それが例の男だ」

隼太はあっと口をあきそうになった。市之丞の表情を見て、さまざまなことが一度に合点が行った気がしたのだ。

丹羽というのは、一蔵が禰宜《ねぎ》町の宮坂に婿入りする話がすすんでいたころ、深夜その宮坂の家の前で見かけた不審な男のことなのだ。その男には、翌年の春にも初音町の入り口近くで会っている。奏者は三百石以上の上士が勤める役職である。それで男のりっぱな身なりも腑に落ちたというものだ。

一蔵が丹羽を斬ったというのは、あのとき隼太が直感したような男女のかかわり合いが、丹羽と一蔵の妻女の間につづいていたということなのだろうか。

——だが……。

あれからざっと、四、五年は経つはずだと隼太は思った。そのあやしい関係は、一度はやんだが近ごろになってまたぶり返したのだとも考えられる。いずれにしろ、あの生まじめな一蔵が刀にかけて丹羽と争わなければならないようなことが、最近になって持ち上がったということらしい。

「斬られた丹羽は？」

「死んだ」

「闇討ちじゃあるまいな」

「いや、一蔵が丹羽を呼び出して、話しているうちに斬り合いになったらしいと、大目付は言っている」

市之丞は手短に状況を説明した。

城下の乾《いぬい》のはずれに、館山と呼ばれる小高い丘がある。その丘の崖下で、今朝早く丹羽佐平治の死骸が見つかった。丹羽は平服で、手に血のついた刀をにぎったまま倒れていた。藩では最初、届けを受けた町奉行所が動き、死者の素姓をたしかめると、館山からほど遠からぬ和泉町の丹羽の屋敷に死骸をはこんだ。

だがそこで、丹羽が昨夜おそく、訪れた武士に呼び出されて外に出たまま帰らなかったことがわかると、事情を大目付に引きついで手をひいた。丹羽を呼び出した武士が誰かはわからなかった。

ところが昼近くなって、二つの届けがべつべつのところから大目付の屋敷に届け出された。ひとつは宮坂一蔵の妻からで、一蔵が昨夜家を出たままもどらず、失踪《しっそう》した疑いがあるという届け出だった。もうひとつは一蔵が所属する勘定組の奉行助役の名で出されたもので、宮坂一蔵が出仕を怠ったので調べてみると家にも不在である、その行方はわからないと家人が言うので届け出るという内容になっていた。

届けはべつべつだが、勘定組の上司と一蔵の妻女は、昨夜から行方不明の一蔵が丹羽佐平治の殺害に関係があるとみて、相談の上でそれぞれに届けて出たのである。その届け出で、大目付の屋敷は騒然となった。あらためて配下の徒目付《かちめつけ》が宮坂の家に走り、妻女を問いつめたところ、昨夜おそく外から手傷を負ってもどった一蔵が、旅支度をととのえて家を出るのを見送ったと白状したという。

「それに、丹羽を斬った切り口が、いかにも力のありそうな袈裟斬りの一刀で、大目付ははじめから片貝道場に縁のある者ではないかと疑っていたそうだ」

「その女房のことだが……」

と隼太は言った。

「密通のことも白状したのかな？」

「そこまではわからん」

市之丞は憮然《ぶぜん》とした顔で、強くなった外の雨に顔をむけた。また稲妻が光り、屋根の上を雷がとどろいて行き過ぎた。

その音がやむのを待って、市之丞が言った。

「しかし、われわれが知らなかっただけで、後家のころの一蔵の女房と丹羽との仲は、家中の一部では評判になっていたらしいな」

「そうか。それじゃやむを得んな」

と言って隼太は表情を曇らせた。

宮坂の家の前で、前夫の辻辰之助といまにして思えば丹羽佐平治だった男を見かけて、宮坂の後家の男関係の乱れを直感したのに、そのことを一蔵に忠告しないでしまった悔いが、強く胸を打ったのである。

「あのとき、やはり一蔵に言えばよかったな。それを忠告と聞くかどうかは、一蔵の勝手だ。とにかく見たままを聞かせるべきだった。そうしたら、今度のことは起こらずに済んだかも知れん」

「愚痴を言うな」

と市之丞が言った。隼太はその市之丞に眼をもどした。

「おい、おまえのその恰好は何だ？」

「これから、一蔵を追って行くのだ」

「何だと？」

隼太は目をみはった。

「まさか、討手《うって》というわけじゃあるまいな」

「そのまさかだ。討手に選ばれた」

「ばかめが！」

そのときまた雷が鳴って、声が消されそうになったので隼太はどなった。

「そんなものはことわれ。なぜことわらん」

「……」

「ははあ、読めたぞ」

隼太は手をのばして、市之丞の蓑をつかんだ。

「貴様、存外なさけない男だな。一蔵を斬って自分の手柄にしようというつもりだな」

「やめろ」

市之丞は強い力で、隼太の手を捥《も》ぎ放した。

「まあ、事情を聞け。そのために来たのだ」

「よかろう。言え」

「討手は三人だ。馬廻組の庄司七郎と近習組の横沢金之助、それにおれだ。おれにお鉢が回って来たのは、大目付の命令で片貝道場からも一人出せということになったのだ」

「案内役か」

「そういう意味もあるだろう。横沢も庄司も、一蔵の顔を知らんそうだ」

「おもしろくないな」

「ともかく、平井甚五郎は家督をついで江戸詰だし、中根さんは病気だ。おまえが行くしかないと、先生と羽賀さんに言われた」

「それで？　すぐに承知したのか」

「いや、違う」

と市之丞は言った。また稲妻が光って、二人がいる土間から台所にかけて、家の中が一瞬明るくなったが、雷の音はいくらか遠のいたようだった。

「いったんはことわったのだ。一蔵と斬り合うなどというのは堪えられん」

「当然だ」

「しかし、羽賀さんの話を聞いているうちに、気持ちが変わった」

「……」

「羽賀さんは庄司七郎と横沢金之助をよく知っていた。二人とも紙漉町の三宅道場の免許取りで、一刀流の腕はたしかだがそろって人物が粗暴だそうだ。武士の情けなどは期待出来んと。二人にまかせておくと一蔵は嬲殺《なぶりごろ》しになる恐れがある。だからおまえが行けと、羽賀さんはそう言うのだ」

市之丞の言葉が終わると、二人は言い合わせたように、眼を雨に叩かれている庭に向けた。そのまま沈黙した。

これ以上話すことはなかった。市之丞は、他人にまかせず自分の手で一蔵を斬る決心を固め、そのことを隼太に言うために立ち寄ったのだ。おれが市之丞の立場に置かれたら、やはり同じようにするしかなかろう、と隼太は思った。

「では、行って来る」

市之丞が身じろぎして笠をかぶり直した。

「おい」

背をむけた市之丞を、隼太は呼びとめた。蓑、笠をつけた市之丞の姿に、一瞬雷雨に包まれた他国の道を、同じように蓑、笠をつけて足早に遠ざかる一蔵の姿が重なって見えたように思われたのである。

一蔵の顔は見えなかった。ただ遠ざかるうしろ姿だけが見える。寂寥《せきりょう》に包まれながら、隼太は言った。

「一蔵を、逃がすわけにはいかんだろうな」

「………」

市之丞は振りむいて隼太を見た。玻璃《はり》のように表情のない眼を隼太にあてたまま、ゆっくり首を振った。

「わかった。行って来い」

隼太が言うと、市之丞はそのまま降りしきる雨の中に出て行った。市之丞の姿が、潜り戸を抜けて消えるのを、隼太は軒下で見送った。

一蔵が藩に問われているのは、上士である丹羽を殺害した罪もさることながら、無届けの脱藩の罪である。脱藩者は草の根をわけてもさがしあてて討ち取るのが、古くからの藩のしきたりだった。一蔵を逃がす道などは、どこにもないのだ。

隼太は表口の戸を閉めて、土間から式台に上がった。不意に、胸に憤怒がこみ上げて来た。

三

市之丞と杉山鹿之助の二人とは、片貝道場に通うようになってからのつき合いだが、一蔵と三矢庄六はその以前、中道助之丞の学塾に通った子供時代からの仲間である。その仲間の一人がひとを斬って領国を出奔し、もう一人はそれを討つために旅立ったところである。そういう運命をもたらしたものに、はげしい憤りを感じないではいられなかった。

死んだ丹羽という男には、何の同情も感じなかった。奏者という役目柄か、押し出しのいい垢抜けた中年男だったが、丹羽は気持ちのどこかで、正直一方で風采の上がらない一蔵を見くびっていたのではなかろうか。

一蔵の女房も女房だと、隼太は思った。もっと若かったころは、身持ちのわるさをうわさされる家中の後家の話などを聞くと、その女に対して、隼太は何となく神秘的な好奇心を掻き立てられたものである。武家の女としては、そういううわさに包まれて生きていることが、すでに大胆きわまることで、それだけでも感嘆に値したが、さらに身持ちがわるいと言われる行為の中には、若い隼太などの想像もおよばない、眼もくらむようなものが隠されている気配がしたからである。

類という名の、一蔵が婿入りする前の宮坂の後家にも、男心を惹きつけるその種の神秘的な影のようなものがつきまとっていたものだが、その妻女の身持ちのわるさのために、一人の男が死に、長い間の友人が罪を犯して脱藩したということになると、話は神秘的などということではなくなったのである。後に残っているのは、破滅をむかえた不倫の隠しごとの醜い残骸だけだった。

――あの女の尻軽のために……。

この始末だと思いながら、隼太は熱くなった頭をひやすために台所に降りて水を一杯飲み、それから自分の部屋に帰ろうとした。すると縁側で、部屋の方から来た妻の満江とぶつかった。

満江は癇走った顔をしていて、詰《なじ》るような口調で話しかけて来た。

「どこへいらしていたのですか」

「どこにも行きはしない」

隼太はむっとして言った。

「野瀬が来たから、表口で話しておった」

「お上がりにならなかったのですか」

「急に旅立ちの、途中で寄ったのだ」

「何のお話でした？」

「そなたに言うほどのことではない」

「いやですねえ、こそこそと」

その言い方に隼太はまたむっとしたが、満江が朝の口論を根に持ってまだ癇を立てていることがわかっているので黙った。

無言のまま部屋に行こうとすると、満江がわざとじゃまをするようにその前に立ちふさがった。胸のふくらみを突きつけて、下から隼太の顔をにらんでいる。その顔が何となく子供っぽく見えたので、隼太の気分がふっとなごんだ。

明日の朝は開墾手伝いに出かけるのである。途中二、三度は帰れるとしても、ざっと半年は別れて暮らすのだと思った。せめて最後の夜は、仲直りして出かけたいものだ。

「通らせてほしいな。わたしはいそがしいのだ」

穏やかに言って身体をどけようとのばした手を、満江は振りはらった。

「松原に行かせてもらいますからね」

「それはならん」

と隼太は言った。険しい顔で満江を見返した。妻は今朝の口論を、また蒸しかえして来たのだ。

松原というのは、領内の海辺にある温泉地のことである。砂丘を越えたところに松原がひろがり、三里もの砂丘を埋める松林をそのまま地名にしている場所だが、そこは十数軒の湯宿がかたまって繁昌している土地でもあった。砂丘が尽きて、海岸が磯に変わるあたりに良質の湯が噴き出しているのである。

景色がきれいで四季の魚がうまい松原の湯宿には、家中が常宿にしている家も多かったが、藩では昨年の暮れに出した倹約令に、家中藩士の湯治自粛の一項を加えた。藩が倹約、倹約と言っているときに、一般に範を垂れるべき家中が、のんびりと湯治に行くのは遠慮する方がよかろうという趣旨だった。

だが、湯治にさほどの金がかかるわけではないとか、自粛命令であって禁令ではないとかいうことを理由にして、相変わらず平然と松原に出かける者がいた。主として上士の家の家族だった。

そういう上士の一人、物頭《ものがしら》の小田切仁兵衛の娘が満江の手習い友だちで、その娘は今年も満江に松原への同行を誘いかけて来ていた。だがその一件は、春先に塩崎の代官所からもどった孫助に、厳重に禁じられたことなのである。にもかかわらず満江は、二、三日前になってまたその話を持ち出し、孫助の意見を楯にとる隼太と、今朝ははげしい口論になったのである。

おそらく小田切の娘に、再度強く誘われたせいに違いなかったが、いくら家つきの娘とはいえ、あまりに分別を欠いたわがままぶりではないかと、満江のわがままには馴れている隼太も、今度だけは腹を立てていた。

「お考えをうかがっているのではありません」

と満江が言った。丸顔で小太りの身体をしているのに、満江は癇を立てるとこめかみにくっきりと青筋が出て来る。その顔で言った。

「おことわりしているのです」

「いかんと言ったろう。そのわけも話したはずだ」

隼太は語気を強めたものの、辛抱づよい口調で言った。

桑山家の人間になって、まずおどろいたのは姑をはじめとする女たちのわがままぶりだったが、もっとおどろいたのは、よく気の合う母親と娘たちに軽んじられているように見えながら、舅《しゅうと》の孫助が最後の一線で女たちに侮られもせず、尻にも敷かれずにどっしりと家の中の采配を振るっていることだった。

その秘訣は、どうやらふだんぎりぎりまで辛抱するところにあるらしいとにらんで、隼太はつとめて孫助を真似ようとしていた。

「とにかく家中の人間まで開墾の仕事に駆り出されるご時世だ。そういうときに、桑山の家の者が湯宿でのんびりしていたというのでは、ぐあいがわるいのだ」

「邦尾さまは、三日でもいいとおっしゃっているのですよ」

「三日でも一日でも同じことだ。娘が松原に行っていたということだけで、代官を勤める父上の顔がつぶれる」

「邦尾さまのお父さまだって、物頭を勤めておいでじゃありませんか」

「小田切仁兵衛などという男は、いい加減な物頭だ。あんな家の真似をすることはない」

辛抱といっても、ついこの間まで上村の冷や飯喰いとして、責任のない乱暴な口をきいていた身分である。話がもつれて来て面倒になると、つい地金がでて隼太の口調は荒くなる。

実際に、ふだんは尋常な口をきく満江が、自分の我を通すことになると、うつけた者のように他人の言うことが耳に入らなくなるらしいのが不思議だった。わがままに育ったために、自分ののぞみを阻むものに対しては、ひと一倍の敵意を抱く性質なのだろう。

厄介な女だと、隼太は思った。しかし、松原行きは何としてもとめなければならない。

「小田切のように、高をくくって松原行きをやめようとしない者がいるが、いまに問題になるぞ。そのときにだ。桑山家の者が禁を犯していたというのではまずい。父上は上ににらまれている身だからな」

「でも、明日お出かけになってしまえば、半年はお帰りにならないのでしょ。その間ただぼんやりとお帰りを待っているなんて、考えただけでも退屈でがまんが出来ません」

「退屈だと？」

隼太は、胸の中にむくりと狂暴な気分が顔を持ち上げたのを感じた。

「太蔵が原に遊びに行くわけじゃないぞ。鍬《くわ》をふるい、畚をかつぎに行くのだ。土方仕事だ。すべては桑山の家のためだ」

「……」

「その留守を守るのが、それほど退屈か。明日の支度を手伝うでもなく、それが妻たる者の言う言葉か」

隼太は満江の胸ぐらをつかんだ。

言葉は満江を咎めているが、胸の中の怒りはそれだけのものではなかった。失踪した一蔵、その一蔵を斬るために旅立った市之丞、そういう運命をもたらすもととなった一蔵の妻女。ついさっき知ったばかりの、それら一連の出来事に対する納得しがたい怒りまでが、あまりにかけはなれてわがままな満江の言葉に捌口《はけぐち》を見つけて、一度に胸に溢れ出て来たようでもあった。何という太平楽な言い草かと、隼太は真実妻に腹が立った。

その気配が顔に出たらしく、満江はかすかに怖じた表情になった。しかし、それでも隼太が手をはなさないのを知ると、ひややかに言った。

「手をおはなしなさいまし。はなさないとひとを呼びますよ」

「誰を呼ぶというのだ。母上か」

隼太は嘲りを隠さずに言った。義母の加音は、二人の娘たちよりももっと自分本位に、勝手気ままに暮らしている女だった。

おそらく若いころは、絵にかいたようなわがままな家つき娘だったのだろう。その性格は五十を過ぎたいまも少しも変わらず、着道楽、喰い道楽の日を送っているのだった。借り上げ米がはじまって台所が苦しくなってからは、孫助が一切禁じてしまったが、加音は客好きで、その以前は家に若いときからの友だちを呼びよせ、料理屋から庖丁人を呼んで季節の魚料理や山菜料理をつくらせたりしたという。

世間にも金銭にもうとく、自分がしたいと思うことを通して来たせいか、加音は齢に似合わない若若しい容貌と皮膚を持っていたが、頭の中は子供同然で、娘や婿を取り締まったり出来る人間ではなかった。

「よいか。厳重に言っておくぞ」

隼太は満江の胸をつかんだまま言った。

「松原に行ってはならん。男二人が留守の間に、女たちが勝手なことをすると桑山の家がつぶれるぞ。よく胸に畳みこんでおけ」

隼太は手をはなした。そのときに軽く満江を押したのは、やはり腹立ちが強かったからだろう。そのひと押しで、満江はあっという間に雨が降っている庭に落ちた。

夫婦の争いを、甚平はどこからかのぞき見ていたようである。満江が庭に落ち、濡れた地面に倒れると、表口に現れた甚平が傘を持ってよたよたと駆け寄って来た。

だが、満江はすぐに立ち上がり、甚平がさしかける傘を振りはらった。

「よくも押しましたな」

満江は、縁側にいる隼太をにらんだ。隼太はすぐに応酬した。

「それがどうした？　雨にでも打たれて、少し頭を冷やしたらよかろう」

「おぼえておいでなさいまし」

満江は髪から滴を垂らしながら叫んだ。その騒ぎを聞きつけたらしく、奥から義妹の喜乃が出て来たので、隼太は背をむけて自分の部屋にもどった。

隼太は身支度をととのえ、出来ただけの明日の支度の物を風呂敷に包むと、部屋を出た。藤井町の実家に行くつもりだった。

――どうせ……。

明日からは留守になるのだ。不快な思いをして女たちにつき合うことはない、と隼太は思っていた。廊下には、もう女たちの姿は見えず、土間に出たところで甚平が隼太を迎えて立って来ただけだった。

「どちらまでおいでになりますか」

「藤井町だ。明日はむこうから出かけるゆえ、あとをたのむぞ」

「心得ましてござります」

と言ったが、甚平は奥の方に気を兼ねる顔いろになった。

「あちらには、おことわりせずとも……」

「かまわん。聞かれたらそう申せばよい」

「お支度の方は、そろいましたでしょうか」

「大体はそろった。足りぬところは藤井町でもらって行く」

「お気をつけて行っていらっしゃいませ」

　と甚平が言った。

　風呂敷包みを肩にかけ、高足駄に傘をさして門から道に出た。雨は小降りになって、西の空がさっきより明るくなっている。やがて雲がきれる気配だった。だが、ふと振りむいてみた東の方、いつもなら町のはずれに大櫛山の頂が見えるあたりは、空は夜のように暗く、まだ音もない稲妻が光っているのだった。

　踵《きびす》を返して、隼太は歩き出した。左内町から商人町の通りに出ても、歩いている人影はまばらで、空気は冷えていた。さっきの雷雨におどろいたらしく、通りにある物売りの店はほとんどが戸を締め、わずかに青物屋、肴屋が片戸を開いているだけだった。初音町まで来たときに、雨が上がった。

　歩いている間に、隼太の怒りは静まって、頭の中の満江の顔もあっけなくうすれて行った。しかし、かわりに一蔵と野瀬市之丞の姿が頭の中で徐徐にふくらみ、隼太の気分はまた重くなった。

——庄六に……。

話しに行こうかと思った。一蔵が丹羽を斬ったというううわさは、もう家中の間にくまなく行きわたってしまったことだろうが、庄六は市之丞が討手に加わって出発したことまでは知るまいと思ったが、いまさらあわてても仕方のないことのようでもあった。一蔵の運命は動かしがたく見えていた。

庄六も、明日は太蔵が原に出かけるのである。明朝、宝鏡院で顔を合わせたときに話せばいいのだと隼太は思い、まっすぐに実家のある町にむかった。

四

上村の実家では、開墾地行きの支度に足りないものがあるのでもらいに来たという隼太の言葉を疑わなかった。

「桑山のひとたちは、このようなときの支度などと言われても、手にあまるのではありませんか。いいですよ、こちらでそろえて上げます」

嫂の乃布はそう言い、隼太が持ってきた風呂敷包みの中身を点検して、それに隼太の古い肌着や古足袋、梅干し、するめの包みから傷の手当てのための軟膏、腹痛にそなえる熊《くま》の胆《い》などというものまで、小まめに包みこんだ。そのため、隼太の風呂敷包みは持って来たときの二倍にもふくれ上がり、隼太は明日の朝、宝鏡院の境内にあつまったとき、みんなに笑われるのではないかと心配になったほどである。

乃布が桑山家の女たちを侮るような口をきくのは、今度だけではなかった。

桑山家との間に正式な縁組が持ち上がったときは、大喜びで隼太を督励し、決心を固めさせたのに、いったん隼太が桑山家の人間になってしまうと間もなく、乃布は小出しに姑の加音の悪口などを言うようになったのである。

家中の女たちには女たちの、他家のうわさが流れて来る道というものがあるらしかった。乃布が桑山家の女たちを軽んじるような口をきくのは、隼太を片づけたあとで桑山家のうわさを耳にしたということかも知れなかったが、それにしても兄の忠左衛門にしろ乃布にしろ、隼太の祝言の前には桑山家の女たちのことなどはおくびにも出さなかったのである。

いまごろになって隼太は、その当時のことを思い合わせ、案外に乃布は桑山家の内情などというものは百も承知だったのではないかと疑っている。

百も承知で、取りあえずは厄介な義弟を片づけることに力をいれ、縁組が首尾よくはこんだあとになって、気を許して本音を洩らしはじめたのではないだろうか。

そう疑われるほどに、乃布が桑山家の女たちのことを口にするときは、日ごろの温和な気性に似合わず言葉に辛辣なひびきが加わるのだが、隼太はべつにそのことに腹は立たなかった。他家は知らず、桑山家の婿でいることは大事業だと、日ごろ思っているからである。

夜は、兄夫婦、甥の新太郎と一緒に食事をした。以前は上村の冷や飯喰いだったが、いまは百八十石桑山家の婿である。兄夫婦はちゃんとそれにふさわしく隼太を待遇していた。

「二十以上の男子ということで、家では開墾に新太郎を出さずに済んだ」

食後のお茶が出たところで、兄の忠左衛門が言った。忠左衛門は寺社奉行に属していて、閑職というわけではないが、郷方とか、藩の台所を預かる勘定方とかいう勤めにくらべると、いくらか藩政の主流からはずれたところで働いている。

そのせいか、太蔵が原の開墾などということも、いくらか距離をおいた眼で眺めているらしいことが言葉のはしに感じられた。

「そなたがこれからひと苦労しに参るのに、こう言ってはどうかという気もするが、わしはどうも、今度の開墾にはいまひとつ納得出来ぬところがある」

「当然です」

と隼太は言った。兄と藩政に関係した話をするのはめずらしいことだった。部屋住み時代だったら、藩政に嘴《くちばし》をはさむものでないと一喝されたところである。

「桑山の父の話では、太蔵が原の開墾は時期尚早だそうです。原野に水を引くためにかなり無理な工事をしている由で、その無理のために、今度の開墾はいずれ失敗に終わるだろうとさえ言っています」

「そうか、孫助どのがそう言っていたか」

「それに、家中、扶持米取りを問わず、士分の者を開墾に使役することには、だいぶあちこちから批判の声が上がっているようです」

「そのことで、執政の間にも対立があったそうだな」

「え？　それはどなたのことですか？」

「又聞きだが、開墾手伝いを決める席上で口論したのは、ご家老の小黒武兵衛どのとご中老の内藤与七郎どのだということだ。ご中老は、鍬もにぎったこともない家中が開墾に入ったところで、何ほどの役に立つとも思えぬ。百姓たちの足手まといになるだけではないかと申されたそうだが、わしも同感だ」

「ははあ、すると開墾手伝いを主張されたのは小黒家老ですか。それで読めました」

「何が？」

「いや、桑山の父は、藩士の開墾手伝いというのは、そうして藩内に時勢のきびしさを印象づけておいて、来年は御賄いを強行するのが、執政たちの目論見だというのです。証拠のある話かどうかはわかりませんが……」

「いや、孫助どのがそう言うなら、根拠があっての話だろう」

忠左衛門は険しい顔になった。執政たちがそういう腹でいるのなら、小細工はやめて家中一同に頭をさげるのが先だ」

「ごもっともです」

「御賄いだと？　そうなったら隼太、この家でも内職をやらねばならんが、何かうまい仕事はないか」

「またお内職ですか」

と言いながら、茹《ゆ》で栗を盛った鉢を抱えた嫂が部屋に入って来た。

「以前、隼太どのがまだ子供のころにも、藩から禄米の給付をとめられて内職をしたことがありました」

「いつになっても暮らしは楽にならん」

と忠左衛門が言った。だが忠左衛門は、乃布が召し上がれと言って二人に栗をすすめると、さっそくに鉢に手をのばした。

「干し栗にして取っておいたものですが、やっぱり虫に喰われたようですよ」

と乃布が言い、話は開墾からそれて屋敷の隅にある栗の大木のことに移った。上村の家では、毎年その木から五、六升の栗の実が取れるので、栗は買わずに済むのである。

「まだ帰らんでもいいのか」

隼太が腰を落ちつけて栗をたべているのを不審に思ったらしく、忠左衛門がそう言った。

「いや、今夜はここに泊めて頂くつもりで来ました」

「明日の朝は宝鏡院にあつまるのだそうですよ。宝鏡院ならここからも近いし」

と乃布が口添えした。

「しかし、桑山の方はそれでいいのか。ことわって来たのか」

「むろんです。なにせ荷物が大きいものですから、泊めて頂いてここから参ります」

「ふきに言って、お部屋は掃除させてありますよ」

と嫂が言った。

部屋住みのころに使っていた部屋が、べつに変わったところもなくそのままになっていた。敷いてある夜具だけが違っていた。ふきが気を利かせて客布団を敷いたのだろう。

その上に、隼太は大の字に寝てみた。婿になってから実家に泊まるのは、今夜がはじめてだと気づいた。のびのびと手足をのばした。

——一蔵の話が出なかったな。

と思った。兄の勤め先は今日のような突発的な出来事は伝わりにくい場所なのだろう、と思ったが、そのことを思い出したために、気分はまたじっとりと重くなった。逃走した一蔵、討手に加わって後を追って行った市之丞を考えると、眠れそうになかった。

四ツ（午後十時）を過ぎ、兄たちがいる表の方が寝静まったのをみはからって、隼太は行燈の灯を消すと部屋を出た。ふきの部屋に行くと、ふきはまだ目ざめていた。だが、隼太が無言で夜具の中に入りこもうとするのを、ふきは半身を起こして拒んだ。

「いけません」

ふきは、隼太をやわらかく押しもどしながらささやいた。

「むかしとは違います」

「どう違うのだ」

「隼太さまには、奥さまがおられます」

「そんなことはかまわぬ」

「いいえ」

ふきは隼太の手を振りほどいた。

「桑山さまの跡取りのお身の上になられたいまは、むかしとは違います」

「いやに固いことを言うではないか、ふき」

と隼太は言ったが、そのときふきの言っている言葉の意味が、夕方に見た稲妻のように頭の中ではじけるのを感じた。それは思いもかけないことだった。隼太は思わずふきの顔をのぞきこんだが、むろんただぼんやりと白い顔のかたちが見えただけである。

ふきの言っていることには、むろん道徳的な意味が含まれているのだろうが、それだけではないのだと隼太は思った。

床上げという、部屋住みの妻にあたえられる呼び名がある。床上げは生涯その家で女中同様に働き、子供が出来れば生まれるのを待って間引かれ、死んだあとも一族の墓にも加えられないような扱いをうけて、日陰の一生を終わるのである。

しかし、婿入り前の隼太に身体を許したとき、ふきは心ひそかに厄介叔父の妻として日陰の一生を送ることをのぞんだのかも知れなかった。むかしと違うという言い方には、そののぞみが消えて、事情が変わったのだというふきの嘆きがふくまれているようでもあった。隼太ははじめて女子の情に触れたような気がした。

「おまえの言っていることの意味がわかったぞ」

と隼太はささやいた。そっとふきから身体をはなした。

「ふきがのぞまぬなら、このまま帰ろう」

「待ってください」

不意にふきが隼太の手をつかんだ。その手をふきは自分の頬にあてた。熱い頬だった。そして隼太は、突然に手がふきの涙で濡れるのを感じた。

五

その年は梅雨が早く明け、焼くような炎熱の夏が来た。太蔵が原には、七百人を越える人数が入っていたが、開墾はさほどにすすんでいなかった。

隼太は開墾小屋の前で、城下からもどって来た庄六を迎えた。

「いや、あつい、あつい」

背中の荷をおろしながら、庄六は隼太に笑いかけ、ついでゆっくりと顔の汗を拭いた。

武士に土方仕事をやらせるのか、という不満をなだめるためだろう。藩では、開墾者が太蔵が原に入ってひと月ほど経ったころから、各組あて五人ずつ、あわせて三十五人ほどの人数を、交代で家にもどして休養を取らせていた。むろん家中と扶持米取りの子弟に対する措置で、百姓たちにはその恩典がおよんでいない。もっとも百姓たちの三分の二を占める近村の手伝い人夫たちは、朝山にのぼって来て日暮れには家にもどる通い働きだった。開墾小屋の賄いに使う水は、台地の下の鳥飼村から上げなければならないので、そう多人数を養うわけにはいかない。そして残る人夫たちは、べつに休養を望みもしなかった。

庄六は、いまその休養からもどって来たのである。日程は三泊四日で、庄六は二度目の帰宅のはずだった。庄六の顔に、ひさしぶりに家族に会い、家の中で手足をのばして来たゆとりのようなものが出ている。庄六が婿入りした先はわずか二十石だが、庄六はその家で大事にされていた。

「下界も暑かったが、山も同じだな」

と言いながら、庄六は風呂敷包みを解き、その中から口を縫いこんだ布袋を出すと、隼太に渡した。

「差し入れだそうだ」

「誰が？」

「決まっているではないか。左内町だよ」

「庄六、おまえよけいなことをするんじゃないぞ」

と隼太は言った。隼太はこれまで家にもどる機会があったのに、一度ももどっていなかった。桑山の女たちにまだこだわっていた。

ろくでもない女たちだと思い、ことに昼の働きで身体が痛んで眠れない夜などは、そのこだわりは荒っぽい自棄的な怒りに変わって、離縁したいと言うのなら、いつでも受けてやるぞと思ったりする。もっとも、そう身構える気持ちがあるというだけのことで、隼太は自分から離縁を言い出すつもりはなかった。

女たちはともかく、義父の孫助を隼太は尊敬していた。いつかは義父の名をはずかしめない、名郡奉行と呼ばれる人間になりたいものだと思っていた。そのためには、義父の孫助からは藩政のありよう、現実の藩政と先の見通しなどについて、まだまだ学ばなければならないことが沢山あった。

「気を利かして、差し入れを取りに寄ってくれたというわけか」

「違う」

と言って、庄六は口をとがらせた。すると庄六の浅黒い顔は、子供のころから言われた狸づらになった。

「貴様の女房が、家まで持って来たんだ」

「まさか」

「まさかという言い方はないだろう」

庄六はたしなめる口ぶりで言った。

「夜分、あの甚平という年寄りを連れて遠い道を来られたのだ。一度帰るようにすすめてくれとも言ってたな」

「………」

「なにか、塩崎にいるお父上のぐあいが悪いのだそうだ。重病ではないと言っていたが」

「そうか。おやじが病気なのか」

隼太は、抱えている布袋に眼を落とした。

「それで、急に心細くなったかな」

「とにかく、一度帰ったらどうだ。ちょっと留守にしていると、家の中にはいろいろと変わったことが起きているぞ」

庄六が言ったとき、遠くで板木《ばんぎ》を鳴らす音がひびき、つづいて作業の開始を告げる鋭い男の声が聞こえた。昼の休みが終わったのである。

庄六は自分の荷を持った。

「さて、着替えて仕事に出なきゃな」

「まあ、あわてるな」

隼太は庄六の腕をつかんでとめた。

「帰って来たばかりじゃないか。一緒に来た連中も、まだ小屋から出ておらんぞ」

「それもそうだが……」

隼太は、庄六を押しとめながら、すばやく左右に眼を走らせた。鍬、まさかり、手斧《ちような》、鋸《のこぎり》など、それぞれに得物を持った男たちが、ぞろぞろと仕事場である雑木林の方に動いて行くところだった。

開墾は、まだ耕地を掘りおこすところまですすんではいなかった。日雇い人夫として太蔵が原に入った百姓たちの半分は水路づくりに回り、残る人数と家中、扶持米取りの開墾手伝いが、埋没した山毛欅《ぶな》林の跡だという枯木を切り片づけながら、水の取り入れ口に近い南側の原野から鍬を入れはじめたのだが、開墾の仕事は、そこでいきなり大きな障害にぶつかった。

もっとも、それははじめから予想すべきことだったのかも知れないが、その土地一帯に埋まっている山毛欅は、当然地上に頭を出しているだけが全部ではなく、掘ると土の中からも姿を現したのである。しかも立ち木のまま埋没していた山毛欅は、さほど腐りもせずに出て来たので、その木を一本ずつ掘り起こして挽き切り、取りのぞくなどということは到底不可能だった。

さいわいに水路の方は、埋没林をはずれた前山の麓を掘りすすんでいたので影響はなかったが、開墾組の方は、そこで仕事が一頓挫した。野瀬市之丞が言った、太蔵が原は不毛の地という言葉は、その一帯に関するかぎり的を射ていたわけである。

開墾の総指揮をとる中老の内藤与七郎は、その報告を受けると、太蔵が原に来て数日泊まりこんで一帯を検分したが、やがて埋没林のある場所の開墾をあきらめ、雑木林をはさんで北にひろがる原野に、開墾の目標を切り換える決定をくだした。そこも芒や灌木の生えしげる場所ではあるが、山毛欅林の跡のような困難はなく、いずれはそこも開墾する手はずになっていたのである。

だが雑木林北の開墾にかかる前に、雑木林の中に水路を通すだけの空き地を作る仕事があった。開墾組はいま、栗、楢、松を切り倒し、根を掘り上げて南から北に幅七間の空き地を作る作業に追われている。目的の開墾地には、まだ鍬が入っていなかった。

「どうせ木こり仕事だ。そうがんばることはない」

言いながら、隼太は庄六を軒下までひっぱった。そこで声をひそめた。

「市之丞がもどって来たかどうかを、聞かなかったか」

「いや、まだもどっていない」

と庄六が言った。

「おれも気になったからな。家にもどったその晩に、市之丞の家に行ってみたのだ。まだもどらぬと言っていた。ただ、妙なことがある」

「何だ、妙なことと言うのは」

「横沢金之助がもどって来ているそうだ」

「誰がそう言ったのだ？」

「市之丞の兄だ。ほら、口やかましの儀太夫どのだ」

「………」

隼太はそう言われて、自分の兄を思い出して苦笑した。

「しかし、どういうことなのかな、それは」

「おれにもわからん」

と言って、庄六は首を振った。

「横沢は市之丞の家を訪ねて来ると、市之丞はいま、庄司と一緒に近江にむかっているところだと言ったそうだが、自分が中途帰国したわけには触れなかったらしい」

「近江か。一蔵はそんなところまで逃げて行っているのか」

隼太がそう言ったとき、不意に目の前の地面にひとの影が落ちて、おいという声がした。顔を上げると、小黒勝三郎が立っていた。家老小黒武兵衛の伜である。そのうしろに、勝三郎の影のように山岸という男がつきそっていた。

六

「おい、そこの二人」

小黒勝三郎は横柄な口調で言った。

「そこで何をしておる？」

「見ればおわかりでしょう」

と隼太は言った。

「話をしています」

「なに？」

小黒は気色ばんだ顔をしたが、隼太が無表情に見返してやると、咳ばらいして言葉をやわらげた。

「板木の音が聞こえなかったのか」

「聞きました。耳は悪くありませんからな」

「ならば、どうして仕事にかからん？」

「ごらんのとおりです。藤井庄六が城下からもどって来た。彼に頼みごとがしてあったので、こうして話しています。話が終われば、むろん仕事にかかります。ほかに、何かご用がありますか」

隼太のひとを喰った挨拶は、小黒勝三郎を怒らせたようだった。小黒の浅黒い顔が急に真っ赤になった。険しい声を出した。

「いそげ！　ほかの者はみな仕事にかかっておる。怠けることは許さんぞ」

隼太はわざとのんびりした口調で言った。

「ひと月ほど前から、あなたはわれわれの仕事場に来ては、ただいまのように尻を叩くようになられた。しかし、そのことについてわれわれは大いに不審を感じているのです。われわれを督励するために、小頭がおります。その上に奉行助役の鎌田七兵衛どのがおられ、さらにその上にお奉行の内藤さまがおられて、開墾の総指揮をとっておられる。そうですな？」

「……」

「あなたが堰を築く方の仕事を指図しておられることは承知していますが、それにしても形はわれわれ開墾組の小頭同様、鎌田どのの指揮を受けられるべきものと存じますが。違いますか？」

「形はそうだ」

「事実は違うということですか。しかしわれわれは、あなたが小黒家老の家の方であるがゆえに、われわれの仕事ぶりを督励して回るのは筋違いと考えております」

「不満か」

「大いに不満です」

隼太は無遠慮に切り返した。

「それがし一人の気持ちを言っているわけではありませんぞ。この暑い季節に馴れ

ぬ山仕事にこき使われ、夜は虫に責められて眠れず、士分の者はみな殺気立ってい
ます。堰工事の方はともかく、開墾地の方は、あまり大きな顔でうろつかれぬ方が、
お身のためではありませんか」

「何だ、それは……」

小黒勝三郎は鋭く言った。

「わしを脅しているのか、桑山」

小黒の険しい語気に誘い出されたように、それまで勝三郎の背後に微動もせず立っていた山岸という男が、黙って横に出て来た。

青白く痩せている山岸は、笠もかぶらずに暑い日を浴びながら、汗ひとつかいていなかった。ひややかな眼を隼太にそそぎながら、足を小幅にひらき、ゆるやかに両手を垂れた。その姿勢で、飼われている犬のように主人の命令を待っているのだった。仕事にかかるために隼太は腰に小刀を残しているだけだが、山岸は両刀を帯びていた。無言の立ち姿が無気味だった。

すると、隼太の横にいる庄六が、軒下の樽の上に手の荷物をそっと移した。そして山岸に正対して足をひらいた。不穏な空気を感じ取って、いざというときにそなえたのである。庄六は帰ったばかりで、まだ両刀を帯びていた。庄六のその動きを眼の隅でたしかめながら、隼太は言った。

「いや、ただいま申し上げたのは、つまりご忠告です」

「なるほど」

小黒は足もとに眼を落とした。そして顔を上げたときには口のあたりにうす笑いをうかべていた。

「家中で指折りの偏屈者には、それにふさわしい婿が見つかるものとみえる。けっこうなことだ」

捨てぜりふのように言うと、小黒勝三郎はすばやく山岸にめくばせして背をむけた。遠のく二人の背をしばらく見送ってから、庄六が隼太を振りむいた。庄六は青い顔をしていた。

「おい、あのひとにあんなことを言っていいのか」

「かまわんさ」

と隼太は言った。袋の口を破って中の物をたしかめた。肌着が三枚入っているほかは、せんべい菓子、するめなどの喰べ物ばかりだった。紙に包んだ焼き飯も出て来た。

「こいつはうまそうだな」

開墾地の賄い飯は、士分も百姓人夫も一緒で、稗《ひえ》三分の糧飯《かてめし》である。味噌をまぶしてこんがりと焼いた白い飯がめずらしかった。隼太はその握り飯をひとつ取ると、あとは袋ごと、小屋に入る庄六に渡した。

「そっちに、一緒にしておいてくれ」

「よし」

庄六は受け取った袋をつかんで自分の小屋に入って行ったが、すぐに、暗くて何も見えないぞとひとりごとを言った。小屋にも、ひとつ明かり取りの窓がついているけれども、明るい外から、急に家の中に入ったからだろう。

庄六が中から言った。

「支度はすぐに済むから、ちょっと待ってくれるか」

「いいとも」

隼太は軒下の羽目板に寄りかかりながら、手の焼き飯を喰った。

開墾小屋は、細長い箱のような建物を、いくつか板壁で区切り、中は筵《むしろ》敷き、屋根は杉皮で葺いて上から石で押さえただけという粗末な小屋だったが、まだ百姓たちの小屋よりはいい。百姓たちの小屋は床が上げてなく、干し草の上に荒菰《あらごも》を敷いてあるだけである。

隼太たちが働いている雑木林は、十数棟におよぶ開墾小屋のうしろにあるのでそこからは見えないが、隼太の眼には山毛欅の埋没林がある草原越しに、前山の麓にいる水路づくりの人夫の姿が見えている。その姿は遠く小さくて蟻のようだった。

そこから右手に行ったところに、小黒勝三郎が指揮してすすめている堰工事の人夫もいるはずだったが、そのあたりは小高い丘ほどに盛り上がっている地形に隠れて見えなかった。隼太の眼には緑いろの草地と、その先につづく青い空が見えるだけである。空には雲ひとつなく、白い日射しが太蔵が原を覆いつくしていた。

「さっきの男だが……」

庄六が、また家の中から話しかけて来た。

「名前は知らんが、うす気味のわるい男だな」

「小黒の腰巾着のことか」

「うむ」

「名前は山岸兵助だ。どこで修行したかは聞いていないが、かなり剣を遣う男のようだな。一人で出会ったときなんかは、あの男に逆らわぬ方がいいぞ」

「おれはべつに、逆らったりしないよ」

言いながら、庄六はようやく小屋から出て来た。庄六が足もとを草鞋で固めるのを待って、隼太は鍬をかつぎ、庄六は軒下にかけてある草刈り鎌を取った。二人は暑い日射しの下に出た。

「おれはいいが、そっちは大丈夫か」

庄六は、さっきの小黒との小競り合いがまだ頭に残っているらしく、またそう言った。

「小黒にずけずけ言ったのが心配か」

「うむ」

「大丈夫だ。心配はいらん」

「……」

「いつかは一度、ぴしゃりと言ってやろうと思っていたのだ。おれは親の威光を笠にきていばる奴はきらいなんだ」

「それはおれも同じだが……」

「みんなが言いたがっていたことを代弁したにすぎん。小頭の松川さんなどもこぼしていたし、依田とか島貫とかいう血の気の多い連中は、闇夜に何とかしようかなどと言ったぐらいだ」

「そうか、かなり嫌われているのだな」

「もっとも……」

隼太は庄六を振りむいて笑った。二人は小屋の角を曲がった。作業場の雑木林が見えて来た。

「みんながみんなそうとは限らん。こういう機会に近づきになろうと、小黒の機嫌取りをやっているのもいるらしい。おれは見たわけじゃないが、島貫がそう言っていた」

「誰だ、それは？」

「清水善八だ」

「ばかだ」

と庄六は罵った。

清水善八は、片貝道場の二年ほど後輩で、御列卒頭清水三郎右衛門の次男だった。庄六も剣はあまりのびなかった方だが、清水善八はもっと上達がおそく、しかも稽古嫌いだった。そのくせまわりを笑わせたりするのが得意な妙な男で、道場には退屈しのぎに遊びに来ているのだとしか思われなかった。

そんな態度が目ざわりだったのだろう。師範代の羽賀吉十郎は善八を見かけるとよく稽古に誘い、善八が逃げると大声で叱りつけていたが、本人は叱られてもけろりとしていた。

清水善八はそういうふわふわした男だったが、隼太も庄六も、開墾地で善八と顔を合わせたときは、同門のなつかしさでしばらく立ち話をしたのである。二人とも、それぞれ家中に婿入りしてからは、めっきり道場に足が遠くなっていたからだ。

「小黒は、われわれにさえああいう口をきく男だよ」

と庄六はいった。

「善八のような冷や飯喰いが機嫌をとったところで、相手にはすまい」

「いや、ところがそうでもないらしい」

隼太は、庄六が城下にもどっている間に、依田勘吉、島貫清次郎といった、開墾地に来てから懇意になった家中の跡取り連中から仕入れた話を聞かせた。

「小黒の伜は、取り巻きに囲まれてちやほやされるのが好きらしいな。夜になると、彼の小屋にはそういう取り巻き連中が十人あまりもあつまるのだそうだ」

「へーえ」

庄六は隼太を振りむいた。

「あつまって、何をやっているのかね。まさか酒盛りというわけじゃあるまい」

「いや、酒は禁じられているから飲ませないが、物を喰わせるという話だ」

「何か、話がいやしくなって来たな。いくら賄いの飯がまずいといっても……」

「いや、そういう意味じゃない」

隼太は手を振った。

「まさか武士たるものが、喰い物に惹かれてあつまるというのではないらしいが、とにかく小黒は来た者に、家から取りよせた馳走を喰わせる。その上でいろいろと藩政に関した内輪話を聞かせ、それをまたあつまる連中は熱心に聞いているという話だ」

「………」

「小黒勝三郎は野心家なのだろうな」

と隼太は言った。

「扶持米取りの舎弟なんかは、どうせ家にいても股引き、頰かぶりで内職の道普請に出るのだから、開墾の方が肩身狭い思いをしないで済むだけいいなどと言っているそうだが、執政たちの腹は暮らしむきの救済などということじゃない」

「開墾でもないと言うのだろう」

「そうか、前に話したかな」

「ここへ来たときに、すぐに言ったじゃないか。あまり力を出して働くことはないんだと」

「桑山のおやじがそう言っているわけだ。狙いは来年から強行する御賄いの方にあると。ま、交代で三、四十人もの人数を常時家に帰しているというのは、いかにも半端なやり方だ。おやじの見方があたっているかも知れないな」

「………」

「しかし、小黒の伜の考えは執政とは違っているようだ。彼はこの台地に水を引き、太蔵が原の開墾にも手をつけて藩の救い主になることを狙っているらしい。取り巻きが寄って来るのを喜ぶのは、野心家の証拠だよ」

隼太は一応小黒をくさしたが、いくらかうらやましい気がしないでもなかった。太蔵が原に水を引く者が、最後に藩財政を救うことになるだろうということを、ずっと考えつづけていたからである。

「堰はいつごろ出来るのかな」

「秋には出来ると、小黒は言っているそうだ」

雑木林の中から煙が上がっていて、その匂いが二人の歩いているところまでただよって来た。刈り取った青草や木の枝を片っぱしから燃やしているらしかった。その煙から逃げるように、林の外に出て来た男がいる。しばらく背を曲げて咳きこんでいたが、男は二人を見ると急に眼をいからして、そこの二人早く来いとどなった。小頭の松川だった。庄六はすぐに走り出そうとしたが、隼太がとめた。

松川にはいま行くと、手で合図してから言った。

「この間、小黒が監督している堰工事を見に行ったのだ。ところが、柵を設けて中に入らせないようにしてある。工事そのものを指図しているのは江戸から来た筒井という町見家だから、工事のやり方そのものが秘法ということになっているのかも知れんな」

その堰工事を施している谷川の一帯が、大規模な山崩れを起こしたのは、隼太たち士分の者の開墾手伝いがあとひと月で終わるという、七月に入ってから間もなくだった。

七

雨が降った。一日目は朝から晩まで切れ目なく雨が降りつづいただけだったが、翌日の未明から風が加わり、山はやがて、隼太たちが籠っている小屋を吹き倒すほどの暴風雨に包まれた。山全体がごうごうと鳴りひびいていた。

小屋は雨漏りこそしなかったが、風が出て来ると軒下や羽目板から雨が吹きこんで来て、小屋の中は真夏とは思えないほどにうすら寒くなった。とても仕事どころではなく、士分の開墾手伝いも百姓たちも、ぎしぎし揺れる小屋の中でおし黙って風の音を聞いているだけだった。

賄い部屋に飯を取りに行くのも困難なほどの暴風雨がおさまったのは、三日目の朝だった。ただし雨はどうにかやんだものの、風はまだ残って、時どき小屋をゆるがす突風が吹き抜けて行った。空には黒い雲が矢のように走っていたが、その空にも昼すぎにはところどころ青空がのぞくようになった。

被害は一番風上にあった開墾小屋二棟の屋根が剝がされただけで済んだ。開墾小屋全体が、鳥飼村からのぼって来る雑木林の陰になっていたからだろう。しかし、隼太たちが入りこんでいる台地は、すっかりぬかるんでしまって、その日も開墾の仕事は出来なかった。

雨も風もやみ、地上にまた真夏の日射しが降りそそいで来たのは四日目になってからである。小頭たちはあちこちと小屋を往き来して打ち合わせを重ねていたが、やがて午後から仕事をはじめるという触れが回って来た。その日は、台地の上にすがすがしいほどに青い空がひろがり、午後になると地面は乾きはじめた。

突然にごおっという地鳴りのような物音とともに、地面が二度三度と揺れたのは、隼太が小屋の軒下で草鞋をつけていたときだった。

「何事だ」

「地震《ない》か」

小屋の中にいた者も一斉に外に飛び出して来て、口口にそう言った。また地鳴りがし、ずしずしと地面が揺れた。そして今度は、大勢のひとの叫び声がした。何とも言えない、腹からしぼり出すような声は、台地の南側、堰工事が行われている方角から聞こえて来る。立ち上がった隼太は、空に立ちのぼる黒煙のようなものを見た。

みんながそっちの方に走った。隼太も草鞋を片足につけただけの恰好で走った。そして小高い丘ほどもある斜面を駆け上がったときに、裂けた山が見えた。以前、舅の孫助と一緒に見た谷川は跡形もなく、そのあたりから上流にかけて山がぱくりと赤黒い口をあけていた。煙のように立ちこめている土埃の中に、白いものが見えるのは、山の表土が崩落して、底にある岩石が顔を出したのだと思われた。

左手の斜面を、谷川の上流の方から駆けくだって来るひとの姿が見えた。堰工事の人夫たちだった。その中には小黒勝三郎の指揮下に入って、ずっと堰工事にかかりきりだった普請組の者の姿もまじっている。あるいは小黒自身もその中にいるのかも知れなかった。

隼太のまわりに、どよめきの声が上がった。そのどよめきの間に、斜面を走り降りて来る人夫たちの叫び声が、切れぎれにまじる。彼らは「ひとが落ちた」、「土砂に呑まれた」と叫んでいた。

隼太はひとを押しわけて前の方にすすんだ。すると崩れ落ちた山の下の方が眼に入って来た。急な斜面を一直線に麓までなだれ落ちた土砂は、直下の杉林を押し潰し、さらにその先の杉林の中に入りこんで、蛇体のようにまだ動いていた。折られた杉の幹の白い裂け目が土煙の中に見えていた。

「大変なことになったな」

いつの間にかそばに来ていた庄六が、そう言った。

「これで、開墾の方もひとまず中止だな」

隼太は言うと、庄六をうながしてひとのうしろに出た。すると少しはなれたところで、奉行助役の鎌田七兵衛と小黒勝三郎が口論しているのが眼に入って来た。殺気立った様子の二人を取り囲む形で、腕組みをした小頭たちが立っていた。

そこからまた少しはなれて、山岸兵助や普請組のものが一団になって鎌田と小黒のやりとりを眺めている。小黒も彼らも、着ているものが泥だらけだった。鎌田が大声で、「とにかく怪我人をさがすのが先だ」とどなったところをみると、鎌田と小黒は事故の事後処理をめぐって意見が対立しているらしかった。

「怪我人で済めばいいが、死人を出したとなると小黒も責任を問われるだろうな」

「下の村は大丈夫かな」

「矢馳か。土砂がそこまで行っているようだと大変なことになる」

小屋の方にもどりながら、隼太は言ったが、内心は眼の前にひろがる太蔵が原が、ふたたび不毛の原野に返ったのを感じ、そのことに心を奪われていた。小黒勝三郎が台地に水を引くのに失敗したことはあきらかだった。太蔵が原の開墾は振り出しにもどったのである。

「おやじが言ったとおりになった。おやじは谷川から水を取るのは無理だと言って

「われわれはこれからどうなる?」
「二、三日中には家にもどれるんじゃないか。水を引くあてもなく土地を耕したところで仕方あるまい」

隼太がそう言ったとき、うしろに鎌田七兵衛の声がひびいた。
「みんな小屋にもどれ。もどって、静かに後の沙汰を待て。濫りにさわぎ立てる者は罰するぞ」

隼太は二、三日中といったが、開墾の人数が山をくだったのは、山崩れから半月経った後だった。

遅れた理由は二つあった。山崩れの土砂は、堰工事に加わっていた人夫三名を巻きこんだ上に、かつて桑山孫助が危惧したとおりに、杉林を一直線に走り抜けてその先の村落矢馳村に達し、民家五戸を押し潰したのである。そこでも死者と怪我人が出た。

しかも落ちた土砂は杉林の中を流れる谷川を堰きとめてしまったので、そのあたり一帯にみるみる泥と水が溢れ、放置しておけば矢馳村を二度目の泥流が襲いかねない状況となったのである。その土砂を取りのぞき、死者を収容するために、村びとと山を降りて駆けつけた開墾人夫が必死に働いていたが、その間万一の場合を考えて、隼太たち士分の者も小屋で待機を命ぜられたのであった。

　だが理由はそれだけでなく、開墾の全面中止を決めるまでに、城内でもはげしい対立があった模様だった。急報を受けてその日の夕方には山を登って来た開墾奉行を兼ねる執政内藤与七郎は、夜までかかって山崩れの現場と矢馳村の救援作業を見て回った。そのあと内藤は、ふたたび山の開墾小屋に引き返すと、鎌田七兵衛、小黒勝三郎、開墾組の小頭、普請組の頭などを呼びあつめて、夜おそくまで何事か協議した様子だった。

　そして夜が明けるのを待って、内藤与七郎は鎌田と小黒、普請組の頭菅沼の三人を同道して山を降りて行った。内藤中老の動きはかくも迅速だったのに、鎌田七兵衛が引き返して来て、士分、人夫を問わず全員に下山を命令したのは、それから半月後だったのである。

　ほぼ五カ月ぶりに家に帰った隼太は、義父の孫助が塩崎の代官所からもどり、しかも床についていたのにおどろいた。妻の満江の話によると、孫助はひと月ほど前に駕籠で塩崎から送られて来たのである。

「お知らせがあれば……」

　挨拶をしたあとで隼太は言った。

「もっと早く、お見舞いにもどるところでしたが」

「なに、それほどの急病でもない。持病の肝の病が、このところ悪くなったのだと医者は言っている」

そう言ったが、孫助の肌は黄ばみ、全体にひどく痩せていかにも病人くさい印象をあたえた。ただ、声だけは元気があった。

「山崩れが起きて、死人が出たそうだな」

と孫助は言った。

「父上が以前に申されたとおりでした」

「筒井という町見家は、堰をかなり山の上に作ろうとしたらしいから、あのあたりの土質は読んでいたのだろうが、工事に難があったものかな」

開墾地に入っていない孫助の方が、隼太よりも工事のことを知っていた。

「開墾を政治の道具にすると、こういうことになる」

「小黒家老は、これでおしまいでしょうか」

「倅が失敗したからか」

孫助は声を立てずににが笑いした。

「そういうことにはならんだろう。むしろ、執政から身をひくのは、内藤さまではないかな」

「どうしてですか」

「開墾の総責任者だからだ。ま、ほかにも理由はあるが、そのことはまた、後で話そう。ちょっと起こしてくれんか」

孫助は隼太の手を借りて、床の上に半身を起こした。起きてから顔を手で覆って、しばらくじっとしていたのは、目まいがするのかも知れなかった。

やっと顔を上げて、隼太を見た。

「わしは隠居願いを上げて、家督をそなたに譲ろうかと思っている」

「隠居などは、まだ早いでしょう。病を治していま一度職にもどりませんと」

「いや、だめだ」

と孫助が言った。思いがけなく弱気な口調だった。

「それに、わしが生きているうちに、そなたも少しは仕事に馴れる方がいい」

「……」

「しかし、申しておくが……」

孫助はにらみ据えるように隼太を見た。鋭い眼だった。

「家督をつぐからには、いつまでも上村の次男坊の気分ではいかんぞ。開墾に行く前には満江と争い、開墾地では小黒の伜とやり合ったなどということが耳に入って来たが、どちらも感心せぬ。大人にならぬといかん」

「はい、肝に銘じておきます」

隼太は言ったが、暑さのせいだけでなく、肌にじっとりと汗を掻いていた。自分では相当の理由があってしたつもりだったが、孫助に指摘されると、そこに自分の中の稚気がありありと見えた気がしたのである。

その夜、夜食を済ましたあとで、隼太は気がかりだった市之丞の家をたずねた。まだ帰っていないだろうと思ったのに、表口で訪いをいれると、いきなり本人が出て来た。

「いつ帰ったのだ？」

「二十日ほど前だ」

市之丞は上がれとは言わなかった。かえって軒下に出て来た。二人はしばらく黙ったが、やがて隼太が小声で言った。

「一蔵はどうした？」

「死んだ」

「やはり、おまえが討ったのか」

「そうだ。おれが討ってやった」

市之丞は暗い声で言った。外は暗くて、市之丞の顔は見えなかった。二人は沈黙したまま、長い間闇の中に立っていたが、やがて隼太が言った。

「では、おれは帰る」

市之丞は返事をしなかった。ただ、隼太が潜り戸から外に出るまで、身動きもせずに軒下に立っていた。

暗い道をもどりながら、隼太は眼頭が熱くなるのを感じた。これがほんとの青春の終わりだと思い、市之丞と気持ちを分け合った気がしていた。

暗闘

一

城中では月に三度、重要な会議がひらかれる。五日、十五日にひらかれるのがいわゆる執政会議で、家老、中老、それに月番の組頭が出席して政務を打ち合わせる。そういうことになっているが、この席で論議される問題は政務に限らない。会議の中身は厳重に秘匿され、席に右筆《ゆうひつ》を入れず、会議の間《ま》である青獅子の間の廊下には張り番が立つ。

つづいて月の二十五日には、その執政会議の顔触れに非番の組頭、郡代、町奉行、大目付、郡奉行が加わる大会議がひらかれるのだが、こちらはどちらかといえば顔合わせの要素が強く、問題がなければ形だけで終わることが多い。そのかわり何か問題が起きると、執政会議以上に論議が紛糾することがある。

藩政は大方この三つの会議によって運営され、藩主は時には乞われて、場合によっては自分からのぞんで、どの会議かに顔を出すことがあるものの、必ず出席しなければならないというものではなかった。

その日の会議は、町奉行、郡奉行まで加わる大会議だったが、藩主は在府中で、格別に重い相談事もなかったので、集まりはほんの半刻《はんとき》（一時間）ほどで終わった。又左衛門が、首席家老のためにある執務部屋に帰って、自分でお茶をいれて飲んでいると、追いかけるように月番組頭の堀田衛夫が部屋に入って来た。

「二、三お目通し頂きたい書類があって、持参しました」

と言って、堀田は手にしていた書類を、又左衛門の机の端にそっと置いた。執政が出席する会議は月に三度だけだが、ふだんの城中の政務一切は、月番の家老、組頭各一名が合議しながら処理している。

しかし、堀田の用件は持参した書類ではなかったようである。そっと立って部屋の入り口までもどると、襖をひらいて廊下の左右をたしかめた。そして、また又左衛門の前にもどった。

「お茶を飲むかの」

又左衛門は、手焙りの上の鉄瓶に手をのばしながら言った。丸顔で太い首を持ち、肩衣《かたぎぬ》の下の肉が盛り上がってみえる堀田は、はあ、いただきますと言ったが、ひと膝又左衛門ににじり寄ると、声をひそめた。

「杉山のことですが……」

「うむ」

「また、不穏な動きが出て来たようです。ご用心ください」

「忠兵衛が、何かたくらんでいるのか」

と、又左衛門は言った。

前の首席家老だった杉山忠兵衛、もとの鹿之助が、又左衛門との政争にやぶれて御役御免、隠居を命ぜられた上、禄二百石を削られて籠居の暮らしに入ったのは、およそ半年前である。

当面の藩政のすすめ方については、又左衛門の政策が藩主と大半の重臣たちの支持をあつめ、忠兵衛が負けてしりぞく形になったのだが、杉山家は藩の名門だった。忠兵衛を支持する層は厚く、杉山一門がたくわえる財力は豊かで、いつ巻き返しに出て来るかわかるものではないと、又左衛門は思っていた。

「いえ、さにあらずです」

又左衛門がいれたお茶を、おし頂いて一服してから、堀田は言った。

「動いているのは、楢岡、松波の二人です」

「ははあ、あちらか」

と又左衛門はうなずいた。組頭の石川家から養子に入って楢岡の家をついだ外記と松波伊織は、杉山忠兵衛の失脚に連座した形で執政からはずされた男たちである。

「忠兵衛は承知なのかな？」

「いや、それが違うようで……」

堀田衛夫は太い息をついた。だが声は依然として低かった。

「二人は、政変直前に関口玄蕃《げんば》がやったことと、似たようなことを相談しているようです」

「それなら忠兵衛の知らんことだな」

関口玄蕃というのは、無役で五百石をもらっている杉山一門の長老で、忠兵衛が執政から追われると見きわめがついたころ、ひそかに又左衛門と又左衛門に同調した執政に刺客を放とうとした人物である。

事は未発のうちに発覚したが、いかにも悪質なたくらみだったので、関口は閉門処分を受け、まだ慎んでいるはずだった。

「杉山は、そういう姑息な手は使わぬ男だ。つねに正面から来る。いずれ巻き返して来るかも知れんが、そのときも政策で挑んで来るだろう」

「はあ」

「忠兵衛は、このたびは政策でやぶれたことを承知しておる」

「いかにも」

「楢岡と松波のことは、確証のあることなのか」

「まず、八、九分どおり間違いはありません」

「それなら、忠兵衛にそのことを洩らして、二人を押さえてもらうのが近道だな。そうなれば、双方ともに傷がつかずに済むだろう」

「杉山が、はたして押さえてくれますかな」

「やってくれるだろう。むかしは執政の交代というとずいぶんと血なまぐさいこともあったものだが、いまはそういう時世ではない。またこの貧乏藩にそんなゆとりもない。そういうことは、忠兵衛もよくわかっているだろうさ」

「ごもっともですな。へたなさわぎになれば、火の粉は杉山一門にも降りかかりましょうから」

と言って、堀田は又左衛門の顔を見た。

「しかし、杉山の屋敷に誰を行かせましょうか。それがしが行くわけにはいきませんが」

堀田衛夫は、又左衛門の政治手腕に心酔していて、まわりからも生粋の桑山派とみられていた。それだけ、杉山派には憎まれているということでもあった。

「さればと言って、大目付などに洩らせば、事が表沙汰になりかねません」

「いかん、いかん」

と又左衛門は言った。

「奥村は堅物に過ぎて、事を秘密におさめるということが出来ん男だ。ま、人選はそちらにまかせるゆえ、ごく内密にはこぶことだ」

「わかりました。しかし……」

堀田はまっすぐ又左衛門に眼をむけた。

「くれぐれも、身辺にお気をつけてください。連中は、このたびの狙いをご家老にしぼっている気配があります」

「話はそんなに急なのか」

「急です。お話ししたように、二人はもう動いています」

「それは大変だ」

又左衛門はにが笑いしかけたが、その笑いを途中でひっこめて舌打ちした。

「榴岡の先代は器量人で、われわれも若いころはずいぶん裨益《ひえき》されたものだが、いまの当主はどうも愚物だな。こんなことでは、榴岡の家も潰れるぞ」

堀田が部屋を出て行くと、又左衛門は大いそぎで書類を見、八ツ半（午後三時）には城を出た。友吉は家に帰し、青木藤蔵だけを供にしたがえた。三ノ丸から市中に出るとき、又左衛門は用意して来た頭巾で顔を包んだので、翁橋の下から舟で初音町に着くまで、又左衛門は誰にも顔を見られずに済んだ。

初音町の料理茶屋「橘屋」の奥の部屋には、戸浦の富商羽太屋の当主伊藤万年が、又左衛門を待っていた。万年は、かつて怪物呼ばわりされた羽太屋重兵衛の倅だが、父親が、風貌にも挙措にもやり手の商人といった印象をむき出しにしていたのにくらべると、倅の方は肌が白く福福しく太って、ひとのよさそうな微笑を絶やさない四十男だった。

だが万年の実態は、ひと口に言えば金貸しだった。むろん廻船問屋として船を動かし、父親の代から集め出した土地を支配する地主でもあったが、万年は父親よりさらに金銭感覚に長《た》け、商いよりは金自体が利を生む金貸しの方に興味を持つ性格だった。重兵衛のときには片手間に、それもきわめて用心深く扱った金貸しの仕事が、いまは羽太屋の商いの柱になっていた。

「どうだったな?」

部屋に入ってむかい合うと、又左衛門はすぐに言った。

「一軒は承知しました」

万年もすぐに言い、羽太屋の番頭の名前を口にした。

「兼七の話によりますと、話に乗って来たのは一軒だけですが、もう二軒も脈はあるそうでございます。あと二軒は、けんもほろろと言った感じで、どうも話にはならなかったそうですが、なに、これもいずれ条件次第ということでございましょう」

「うんと言ったのは、どこかの?」

「山科屋です」

財政の窮乏に苦しむ藩は、城下の富商から金を借りつくすと、今度は上方に借金の道をもとめた。それがいまは、近江借りという言葉になって藩をおびやかしている。近江商人からの多額の借金だった。

又左衛門は、三月末の政変で権力を掌中ににぎったあと、伊藤万年に命じて、ひそかに近江借りの肩代わりを交渉させていた。およそ八万両に達する近江借りの借財は、交渉がうまく行ったとしても、近江商人から羽太屋に移るだけで、借金そのものが消えるわけではないが、利息が安くなる。

近江借りは、さきの執政たちの遺産だが、きわめて高利の借金だった。羽太屋はれっきとした金貸しではあるが、高利貸ではないので、もし羽太屋への肩代わりがうまく行けば、藩は毎年の利子払いでひと息つけることになるだろう。

——ただし、それでも……。

忠兵衛たちの非難を封じるわけにはいかんだろうな、と又左衛門は近江借りの整理に手をつけたときからずっと、そう思っている。

又左衛門が杉山忠兵衛、もとの杉山鹿之助と対立し、最後には執政の地位を賭けてまで争った政策の中で、領内一の富を誇る羽太屋の財力を藩政に引きいれることの是非は、最大の争点となったのである。忠兵衛は終始羽太屋を排斥する立場を取った。

そして、かりに近江借りの肩代わりが実現すれば、藩は羽太屋に空前の借りをつくることになるのである。

又左衛門には、そのときの杉山派の非難の声が聞こえるようだった。おそらくは、一商人に藩を売り渡す気かといったたぐいの非難を浴びることになるだろうと、又左衛門は覚悟を決めている。そして非難はやむを得ないとして、妨害は困ると思っていた。

そのため、又左衛門は近江借り肩代わりの一件を、まだ同僚の執政たちにも伏せていた。知っているのは、藩主の右京大夫忠盈《うきょうのだいぶただみつ》と元締の神尾杢内《もくない》だけである。

「山科屋は三万両ほどだったな」

「三万二千両です」

「一番大きかったはずだ」

「さようでございます。それでございますゆえ、かりにほかが……」

又左衛門と伊藤万年は、酒肴も出て来ない部屋で、一刻《いっとき》（二時間）以上も額をつき合わせて話しこんだ。途中、女中がお茶を換えに来て、ついでに行燈に灯をいれて行っただけである。

打ち合わせが終わったときには、庭に面した障子が真っ暗になっていた。では、わしは先に出ると言って、又左衛門は腰を浮かしたが、ふと思いついて坐り直した。

「近江借りの掛け合いを、誰かにさとられたようなことはなかろうな」

「いえ、いえ。なにか」

万年は又左衛門をじっと見た。顔にはいつもの微笑がうかんでいる。

「むこうが、わしを狙って何かやる気配があるとか申す者がいる」

「杉山さまが？」

「いや、松波、楢岡らしい」

「それと近江借りがどういう？」

「いまごろになって妙な動きに出て来たのは、ひょっとしたらそなたの掛け合いが洩れたせいかと思ったのだ」

「それは、あり得ません」

きっぱりと、万年は言った。

「兼七は江戸の店に滞在していたことになっておりまして、上方にのぼったことは江戸屋敷にも一切秘密にしてあります」

「それならよいが、しかし当分はそなたも身辺に気をつけた方がよかろう」

「ありがとうございます。ご家老さまもどうぞ」

と言ったが、万年は相変わらずおだやかな笑顔を又左衛門にむけていた。

「自分の立場はわきまえておりますので、これでも応分の用心は致しております。どうぞご心配なく。それに……」

万年は、はっきりと白い歯を見せた。

「松波さまには、かなりの貸しがございます。わたくしめに傷を負わせたりしますと、後の催促がきびしくなりましょう」

又左衛門は、また顔を頭巾で隠して「橘屋」を出た。だが、舟着き場の方にはむかわずに、藤蔵をしたがえて町の奥に歩いて行った。

二

日が落ちたあと、空気は急に冷えたらしく、肌に触れる夜気がひんやりしている。しかし初音町の通りを歩いている人の姿がまばらなのはそのためではなく、まだ時刻が早いせいだろう。

「藤蔵、ちょっとそばに来い」

又左衛門はうしろからついて来る家士を、手で招いた。

「『卯の花』に寄って行くが、そなたは今夜は飲むな」

「はい」

「誰かがわしの命を狙っているといううわさがあるのだ」

「それは……」

藤蔵はすっと身体を寄せて来ると、声をひそめた。

「野瀬さまのことですか」

「いや、そっちじゃない」

と言ったが、又左衛門は頭巾の下でにが笑いした。市之丞のことはあくまでも内緒にするつもりだったのに、いまの返事では、二人の間に不穏なことが持ち上がっていることを白状したようなものだと思ったのだ。

「松波、楢岡だ」

「はい、わかりました」

と藤蔵が言った。藤蔵は、この春の政変の前後にも杉山派の襲撃にそなえて、緊張した何日かを送っている。飲みこみが早かった。

「ご心配なく。しかし、今夜はあまりご酒を過ごされぬ方が……」

「わかっておるわい」

と又左衛門は言った。

「しかし、何も今夜のことを言っているのではないぞ。一応の用心をせいという話だ」

又左衛門は、路地をひとつ曲がった。そしてまだ人影もない路地をずかずか歩いて、「卯の花」という軒行燈が出ている小料理屋に入った。そこはむかし、又左衛門がまだ隼太と言っていたころ、実家の上村家の女中をしていたふきの店である。

ふきは、又左衛門が桑山の家督をついで一年ほど経ったころ、又左衛門の兄の世話で松村という扶持米取りの家に後妻に入った。松村は御弓組に属する足軽だったが、子供が一人だけだったので、ふきは良縁を得たとみられたのだが、三年ほどして今度は松村が病死した。子供は親戚に引き取られ、ふきはまたひとりになった。兄からその話を聞いた又左衛門は、ふきを養父の孫助が懇意にしていた日向町の「ざくろ屋」に世話してやったのである。当座の口を養えればよかろうぐらいの気持ちで世話した料理屋勤めが、意外にもふきの性分に合ったようだった。ふきは台所仕事が好きで、料理が得意な上に、客の前に出しても浮《うわ》ついたところがないので、すっかりおかみのお気に入りになった。

ふきは「ざくろ屋」に十五年勤め、その間にためた金をもとに、初音町の路地に売りに出ていたいまの店を買ったのである。又左衛門は、時どき「卯の花」に来てくつろぐのをたのしみにしていた。

ふきも五十を過ぎたころから髪が白くなったが、どういうわけか顔は若若しく、肌はぴんと張って、藩政のこと、家のことで苦労の多い又左衛門より、いまは年若く見える。そういうふきを相手に、家の愚痴を言ったりすると、又左衛門はいっとき気が晴れてさっぱりするのだが、その夜は長居をせずに「卯の花」を出た。酒も少ししか飲まなかった。

「何か、お話があったのではありませんか」

外まで送って出たふきがそう言った。

又左衛門は市之丞のことを話そうかと思いながら「卯の花」に来たのだから、ふきも勘の鋭い女である。

「いや、格別の話はない」

又左衛門が言うと、ふきは手をつかんで又左衛門を軒下まで押すようにした。そして低い声で、うそ、おっしゃいと言った。

「隠し事をなさってますよ」

「また来る」

又左衛門はふきの手をはずした。少しはなれたところで、あらぬ方に顔をむけて待っている藤蔵を憚《はばか》ったのである。

藤蔵は鉄砲組の青木弥助の末子で、四年前に桑山家の家士になった。それ以来、「卯の花」にはたびたび供をして来て、女主人のふきとも顔馴染みになっているものの、又左衛門とふきのつき合いのくわしい中身までは知らないはずだった。

ましていまのように、又左衛門に対して遠慮なく物を言うときは、ふきの念頭から相手は家老という考えがすっぽりと抜け落ちて、ふきはさながら若いころの隼太に物言う気分にもどっているのだ、などということは、又左衛門には手にとるようにわかっても、藤蔵にわかることではなかった。説明出来ることでもない。

それでも又左衛門は、「卯の花」をはなれて歩き出すと、若い家士の潔癖感に気を兼ねた感じで、弁解の言葉を口にした。

「『卯の花』のおかみは、むかしわしの実家で女中をしていた女子だ」

「はい。存じております」

「なに？　わしが話したかな？」

「いえ、おかみからうかがいましたので」

「そうか」

お忍びで来る又左衛門が、「卯の花」の奥で飲んでいる間、藤蔵は茶の間か、茶の間がふさがっていれば台所で、軽く飲みながら又左衛門を待つ。

そういうときにでも、ふきから事情を聞かされたのかも知れなかった。

「今夜は、わしがあまり飲まなかったので、何かわけがあるかと心配しておるのだ」

と又左衛門は言ったが、やはりうまい説明にはならなかった。又左衛門は咳ばらいをした。

「何か、変わったことはないか」

「はい、いまのところは」

「わしがこんな場所をうろついておるとは、連中も気がつくまい」

「さあ、それはいかがでしょうか」

と藤蔵は言った。藤蔵は一刀流の腕を見込まれて桑山家に奉公することになったのだが、性格も若者に似合わず慎重で、護衛役にぴったりだった。

藤蔵は、落ちついた声で言った。

「途中、決して油断はなりません」

だが、二人は何事もなく初音町の通りを抜けて、舟着き場に出た。少し下りになる砂利道を、栈橋に降りて行くと、二人の姿を見て、岸に舫《もや》っていた舟の中から、綱を解いた一艘《いっそう》が、すばやく漕ぎ寄って来るのが見えた。

藤蔵は、もう一度背後をたしかめてから、又左衛門に、どうか乗ってくださいと言った。又左衛門が先に乗り、つづいて藤蔵も乗りこむと、舟はすべるように暗い掘割に出た。そう広くはない水路なので、舟が漕ぎのぼって行くと、舳先に掛けてある船行燈の光に、両岸の土手の枯草や石畳の洗濯場などがうかんで来る。

舟はいったん六斎川に入り、翁橋をくぐったところで岸に客をつける。さほどの時もかからずに、二人は翁橋の下の桟橋に着いた。舟賃を払って、藤蔵が先に舟から上がった。

と思ったとき、突然に橋の陰から、黒い人影が二つ、桟橋に駆けおりて来た。船行燈の光にきらめいたのは白刃である。藤蔵がすばやく抜き合わせるのが見え、たちまち刀を打ち合う硬い音がひびいた。

「出たか」

又左衛門はどなった。

「待て、いま、加勢してやる」

「いえ、そのままに……」

と、敵とにらみ合っている藤蔵が言った。いくらか息がはずんで聞こえたが、藤蔵の声は落ちついている。

「舟を下りてはいけません」

だが藤蔵がそういう前に、抜き身の刀をにぎった男たちを見ておどろいたらしい船頭が、竿をひと突きして舟を岸からはなしてしまったので、又左衛門は下りられなくなっている。

眼を凝らすと、桟橋の上の人影が目まぐるしく動くのが見え、また打ち合う太刀音がひびいた。二人を相手にして、藤蔵はよく闘っているが、まだ桟橋から土手に上がれないでいる。

「よし、船頭。舟を桟橋の右に寄せろ」

と又左衛門が言った。桟橋の右手に、狭いが平べったい草地がある。そこに飛び降りたら、二人の曲者《くせもの》をはさみ打ちに出来そうに見える。

又左衛門が言うと同時に、舟がぐいと動いた。だが、方角が逆である。いっぺんに岸が遠くなって、舟は六斎川の中流の方にただよって行く。

「……？」

とっさに船頭を振りむいたのは、いまの舟の動きに悪意のようなものを感じたからである。その勘があたった。又左衛門が振りむいたとき、頰かむりの船頭は、竿を投げ捨てて舟底から刀をつかみあげたところだった。

「む……」

又左衛門は、船頭が捨てた竿を拾った。舟底に膝をついたまま船頭の胸を突いた。が、相手は身軽にかわして竿をつかんだ。

船頭ではなかった。相手は周到に用意された刺客の一人だったようである。片手に竿をたぐりながら、はやくも抜き放った刀を構えて、じりじりと間を詰めて来る。

又左衛門は一瞬も躊躇《ちゆうちよ》しなかった。狭い舟の上である。長びけば不意打ちを受けた方が不利になるだろう。膝をついた姿勢のままで、とっさに大きく舟を揺すった。思い切って揺すったので、舟は傾いて水が入りそうになった。立っていた相手が、思わず竿から手をはなしてしゃがみこんだ。

その一瞬を、又左衛門は見のがさなかった。

「痴《し》れ者《もの》が」

ひと声叱りつけると、片膝を立てて抜き打ちの一撃を浴びせた。頰かむりの男はうしろに飛んだ。だが、そこではじかれるようにのけぞると水に落ちて行った。

又左衛門の抜き打ちにどこかを斬られたのか、それともかわそうとして落ちたのかはわからなかったが、はげしい水音がして男の姿は見えなくなった。又左衛門は竿をつかんで、油断なく水の上を見回したが、音もない川水が暗くゆったりと流れているだけで、ほかには何も見えなかった。

又左衛門は竿を使って、少し下流に流されている舟を、舟着き場の方にむけた。流れが急な場所ではないので、どうにか栈橋に舟を寄せることが出来たが、又左衛門は馴れない力を出したので、ひどく疲れた。

舟の明かりを見ていたのだろう。橋の上から藤蔵が駆けおりて来た。藤蔵は、又左衛門が投げる舫い綱を受け取って、杭に巻きつけながら、殺気立っている顔をむけた。

「いかがいたしました？　船頭は？」

「あの男も一味だったぞ」

「なんと！」

藤蔵は栈橋に飛び移る又左衛門に手を貸しながら、すばやく眼を動かした。

「お怪我は？」

「何ともない。川に叩きこんでやった」

「それは、お働きでした」

「そっちはどうしたな？」

「やっと追いはらいました」

「怪我はないか」

「腕をやられましたが、ほんのかすり傷です。ご心配はいりませぬ」

二人は翁橋を渡ると、すぐに左に折れた。六斎川の河岸に沿う距離の短いその町は、通称川端と呼ばれている商人町で、ひとかたまりほどの商い店には、よく御小姓町や又左衛門の屋敷がある与力町あたりからも、家中の女中たちが買い物に現れる。

だが、店はもう戸を閉め、あちこちから灯のいろが洩れるだけで、町は静まり返っていた。そして川端を通りすぎて御小姓町にかかると、今度は灯のいろも稀になって、闇はいっそう深くなった。だが、どこからかあまり上手ではない謡《うたい》の声が聞こえて来るのは、まだ家家が寝静まったわけではないからである。時刻はせいぜい五ツ半（午後九時）ごろだろう。

「藤蔵、もう心配はいらぬゆえ、楽にせい」

と又左衛門が言った。前を行く藤蔵が身体を固くしているのが、気配でわかる。

「連中は相当の用意をととのえて襲って来たのだ。それが失敗したからには、今夜はもう仕かけては来るまい」

「はい。しかし、それにしても道が暗うございますので」

と言ったが、藤蔵は又左衛門にそう言われてやっと気が楽になったらしく、深い吐息の音を立てた。おそらく生まれてはじめて真剣で斬り合ったせいで、まだ緊張がつづいているのだろう。

「奥村さまにとどけましょうか」

ふと気づいたように、藤蔵が言った。大目付の奥村権四郎のことである。屋敷は同じ与力町にあった。

「いや、放っておけ」

と又左衛門は言った。

「手は打ってある。今夜で、多分さわぎは終わるだろう」

「はあ」

「こういうことは、時どきあるものだ。むかしもあった」

あとの方を、又左衛門はつぶやくように言った。藤蔵のように若かったころに、そして今夜のように闇の深い夜にあったことを思い出している。それは闇の中の斬り合いだったが、その夜又左衛門は、はじめて藩政の裏舞台とも言うべきものをのぞくことになったのでもあった。

——そして……。

野瀬市之丞に対する奇妙な疑いがうかんで来たのも、その夜からだったと、又左衛門は思い返している。


桑山孫助の隠居願と、隼太の家督相続願に藩の許しが出たのは、太蔵が原の開墾が失敗に終わった年の暮れである。明けた年の正月には、帰国中の藩主への御目見得も済んで、隼太はすぐに郷方廻りに配属されたのだが、その正月は、孫助が予言したように、向こう五カ年の御賄いが藩主名で発令された正月でもあった。

十五年ぶりの御賄いによって、家中の禄米給付は停止され、家族一人につき一日米六合と、禄百石につき雑用金八百文を支給することが示達された。扶持米取りには御賄いはさらにきびしく、米五合と雑用金は一律五百文に押さえたので、藩内は窮乏感にひしとしめ上げられた形になったのである。城下の商人町にも、以前のようなにぎわいは見られなくなった。

そういう中で隼太は、加治郡の代官横山作兵衛の下に配属され、二年間みっちりと郷方廻りの仕事を叩きこまれた。仕事の中身は、作物の見回り、稲作の検見《けみ》、年貢米の賦課と取り立ての仕事、検地などである。

そして、その仕事の中から、百姓にも富農と貧農がいて、極貧の水呑み百姓の暮らしは、城下の貧しい町人の比ではないこと、村村によって風俗、習慣がそれぞれに異なり、一村、一郷を治めるのにはそういうことも無視出来ないことなどを隼太は学んだのだが、村村の内情にもおよそは通じ、日に焼けて顔いろが真っ黒になったころに、代官所属の仕事から郡奉行配下に回された。しかも、今度は郡奉行助役見習という役がついていた。

家督をついで三年目のことで、それまでの隼太は三好の代官所泊まりが多く、家にもどるのは月に数日という有り様だったのが、ようやく城勤めに変わったのである。と言っても、依然として郡奉行や、奉行助役にしたがって郷村廻りに出かけることが多く、村方と縁が切れたというのではなかったが、時には三ノ丸の郡代屋敷にある郡奉行詰所に詰めっきりで、二日も三日も書類づくりに忙殺されるという日もめずらしくはなかった。

そういう仕事も、隼太は忠実にこなした。そして、時にはつくった書類の中から、御賄い下の郷村の窮乏ぶりがくっきりとうかび上がって来るのを、注意深く眺めた。財政に苦しむ藩は、いま一歩で苛政と呼ばれかねないほどのきびしい年貢を取っていた。

三

郡奉行詰所の仕事にもようやく馴れて来た四月のある夕刻、そろそろ仕事を切り上げて下城しようかと思っていた隼太を、ひとがたずねて来た。

呼び出されて、建物の外に出てみると、小者ふうの身なりをした中年の男が立っていた。

「呼び出したのは、そなたか」

隼太が声をかけると、男は恐縮したように小腰をかがめて近づき、隼太を外に呼び出したことを詫びてから言った。

「杉山忠兵衛の使いで参りました」

なつかしい名前を聞く、と隼太は思った。忠兵衛というのは、もとの杉山鹿之助のことである。鹿之助が家督をつぐと、先代の忠兵衛は隠居して雪庵と名乗り、鹿之助が忠兵衛の名を継いだ。そういうことは聞いているが、部屋住みの時期を終わって身分が分かれてしまってからは、隼太は鹿之助、いまの杉山忠兵衛に会っていなかった。

「めずらしいことだ」

と隼太は言った。

「忠兵衛どのが、何かご用ですかな」

「お会いして、桑山さまにお頼みしたいことがあると、主人は申しております」

小太りの、思慮深そうな顔をした男はそう言い、そのとき建物からひとが出て来たのを見ると、いっとき口をつぐんでから、また小声でつづけた。

「出来れば、今夜にでも外でお会いしたいと申しておりますが、いかがでしょうか」

「今夜か」

隼太は男をじっと見た。

「それは急な話だの」

「申しわけありません」

「頼みごとの中身は、言わなかったのだな」

「はい。それはお会いしてから申し上げると……」

隼太は顔をうつむけて考えてから、決断した。考えたのは小黒派、反小黒派ということだった。藩内には独断的な政策をすすめる小黒家老に対する根強い反感があって、その空気は、御賄い強行後ひとつの派閥勢力にまとまりそうな勢いだというわさを耳にしたことがある。

今夜の杉山の話は、そのことにかかわりがありそうに思われた。とすれば政治向きの話になるが、以前は知らずいまは桑山家の当主であるおれが、そこに首を突っこんでいいのかどうか。隼太が思ったのはそういうことだったが、だからと言って、ひさしぶりの忠兵衛の誘いを拒むわけにはいくまい。

「承知した」

と隼太は言った。

「場所と時刻を言ってもらおうか」

「比丘尼町の『ぼたん屋』で、五ツ半にお待ちするとのことでございます」

男は待ちかまえたようにすらすらと言うと、一礼して背をむけた。

舅の孫助は、相変わらず寝たり起きたりの半病人といった日日を送っていたが、隼太に家督を譲ったころにくらべると、顔に血色がもどり、いくらか元気を取りもどしている。

家にもどって夜食をしたためたあとで、隼太は寝ている孫助を見舞って、しばらく雑談した。杉山忠兵衛が使いをよこし、会うことにしたとも話したが、孫助はべつに意見らしいことは言わなかった。

隼太はその夜、少し早めに家を出て、五ツ半前には「ぼたん屋」に着いたが、杉山忠兵衛は先に来ていた。

「やあ、お呼び立てして済まぬ」

と忠兵衛は言った。

一千石の家をついで、交際する人間の種類も変わったせいか、忠兵衛は立派な風采に一段と磨きがかかり、以前にはなかった男の貫禄が加わったようで、堂堂として見えた。

しかし、相変わらず気さくな男だった。狭い部屋に隼太を迎えると、姿勢をただして頭をさげた。微笑しながら言った。

「今夜は『小菊』というわけにはいかず、こちらにした」

「ここの方が目立つのじゃないか」

苦笑しながら隼太が言った。忠兵衛は絹の羽織を着ていた。

小刻みに倹約令が出ていて、一年前には百姓、町人が、三月前には扶持米取りが絹物を着ることを禁止された。家中藩士は禁止はされなかったが、「不断着の着用、相成るべくは控え」るべきであると布令に謳《うた》っているので、隼太は郷村回りのときはむろん、詰所に出るときも木棉物を着る。

いったいにそういう時節になっていた。城に登るのに木棉物を着る者がふえていて、べつに隼太が特別ということではない。そういうときに、比丘尼町に絹羽織を着て来る客は目立つはずだったが、忠兵衛は手を振った。

「いや、目立ったところでこの町ならおれの顔を知る者はおらん。初音町はそうはいかんからな」

忠兵衛は手を叩いて女中を呼び、新しく酒を言いつけた。比丘尼町に足を踏みいれたことなど、おそらく数えるほどしかないはずなのに、常連のような顔が出来るのも、忠兵衛という男の一面だった。ひとによっては、忠兵衛のそのやり方を逆に一種の気取りととりかねないほどに、構えない男である。

注文の酒と肴が来ると、忠兵衛はさっそく隼太に酒をついだ。

「いや、ご無沙汰、申しわけない」

「こっちこそだ」

二人は盃を掲げるようにして、久闊《きゅうかつ》を詫び合った。いそがしいか、と忠兵衛が言い、話はしばらく隼太の勤めのことになった。

忠兵衛は、隼太が桑山家の婿になったことも、その後家督をついで、いまは郡奉行支配下で郷方勤めをしていることも、おどろくほどくわしく知っていた。もっとも、隼太に会う用が出来て調べたのかも知れない。

「ところで……」

と言って、隼太は盃を伏せた。

「話を聞こうか」

「……」

「こんな場所に呼び出したところをみると、よほど他聞を憚ることらしいな」

「その通りだ」

と言って、忠兵衛も盃を伏せた。そしてまっすぐに隼太を見た。

「月が変わると、お上は出府なさる」

「……」

「何かの故障がないかぎり、出発は五月七日になるはずだが、当日、用人の牧原喜左衛門どのは同行されない」

「……?」

「むろん、家の方方には参覲《さんきん》の行列に加わると称して屋敷を出るのだが、そのまま市内某所に隠れて、夜分になってからわが屋敷に来る。牧原どのの出発は、われわれとの会談が終わった後になる」

やはり政治向きの話だったと、隼太は思った。こうして忠兵衛自身が比丘尼町まで出かけて来たところをみると、その会談とやらに加われというつもりかと思いながら、用心深く聞いた。

「その話と、このおれがどうかかわり合うのかな?」

「その晩、牧原どのの護衛についてもらいたいのだ。ことは極秘ゆえ、めったな人間には頼めぬ」

「つまり、貴公に味方しろというわけだ」

「味方?」

忠兵衛は不意を突かれたように、まじまじと隼太を見た。だが、すぐにあわただしくうなずいた。

「むろん、そうだ」

「いま少し、事情をくわしく聞かぬと、軽軽しくは引き受けられんな」

「もっともだ。われわれは今年になって、お上にごく内密に上申書をさし出した。訴状と言ってもいいような書類だ。われわれというのは……」

杉山忠兵衛は、数人の名前を挙げた。いずれも忠兵衛の父が執政を勤めたころから、杉山派に数えられていた人びとだったが、その中に現職の執政である松波伊織と、さきに中老職から退いた内藤与七郎が加わっているのが意外だった。

藩主にさし出した上申書は、現職の執政の政策と、筆頭家老小見山兵庫、次席家老小黒武兵衛の私行をきびしく糾弾したものだったが、藩主に上申書が渡ったことは、即座に小黒派に洩れてしまった。藩主の身辺には、小黒派のきびしい監視の眼がそそがれることになった。

「そういう次第で、われわれは上申書をさし出すことには成功したものの、お上のご意志をうかがうすべがなく、焦っておったのだが、昨日になって、ようやくお便りがあった」

忠兵衛は、思わず語気がはずんだのを、いそいで押さえている。忠兵衛の顔には、隼太も見たことがないような生気があふれていた。頬は紅潮し、隼太を見る眼が鋭く光っていた。酒のためではなく、政争のただ中にいる者の緊張と自負が、おのずと顔に出て来るのだと隼太は思った。

忠兵衛は隼太に顔を寄せると、一段と声をひそめた。

「仔細は口頭で牧原より聞けというご指示だ。お上ご自身が、極秘のうちにそのご指示をあたえられたということは、いまの執政たちをお上がどのように眺めておられるかを示すものだ。そうは思わんか、桑山」

「たしかに」

と言ったが、隼太は藩政のそういう内幕を、たったいま聞いたばかりである。忠兵衛の興奮ぶりとは、気持ちの上でまだ距離があった。そして桑山家の当主としては、いま杉山派の一人と旗幟《きし》を鮮明にしてしまうことがはたして家のためになるかどうかも、考慮しなければなるまい。

「事情はわかった」

と隼太は言った。

「ぜひにと言われればことわるわけにもいかんが、しかし、そういう役目ならおれよりもっと適任の男がいるぞ」

「適任？」

「野瀬市之丞だよ」

と、隼太は言って微笑した。われながらいい考えだと思ったのだ。市之丞なら腕は立つし、口は固いし一夜の護衛役にぴったりだ。

「腕はあのとおりだし、それにやつはまだ部屋住み身分のままだ。責任のないところがいい」

「……」

「おれはそうはいかん。一応は家のことを考えねばならんし……」

「様子をみる、ということか？」

忠兵衛が鋭く切り返した。隼太は首を振った。そこまで他人事《ひとごと》に考えていたわけではない。私行のことまでは知らないが、小黒家老が切り回すいまの藩政のあり方については、隼太自身も、べつに考えていることがあった。

「そうじゃない。ただ、市之丞もいると言っただけだ。やつにしても、貴公の頼みならことわりはしまい」

「近ごろ、野瀬に会ったか？」

と忠兵衛が言った。忠兵衛はそう言ったとき、ちらと襖の方に眼を走らせて、一瞬何かを憚るような表情を見せた。

「いや。なにせ勤めにひまがないし、道場にも無沙汰をしているから、しばらく会っておらん。それに、顔が合って何か話したというのは一年ほども前のことかな」

「そうか。なるほど」

忠兵衛は腕を組んでうなずいた。しばらく考えこむように眼を伏せていたが、また隼太に顔を寄せて来た。

「これから言うことも、他聞を憚る」

「よし」

「野瀬のことだが……」

忠兵衛はほとんどささやく声になった。

「陰扶持が出ているという、うわさがある」

「誰に？」

「むろん、野瀬市之丞にだ」

「陰扶持というと？」

隼太もささやき声になった。二人は膳の上に両側から首を突き出して、相手の眼を見ながらしゃべっていた。

「お上から頂いているということか？」

「でなければ、小黒あたりからか……」

忠兵衛の声は、隼太の耳の中に雷のようにとどろいた。

「まさか」

「おれも、まさかとは思うがな」

忠兵衛は、部屋住み時代の軽い言葉遣いを口にした。

「だが、野瀬は脱藩した宮坂一蔵を討って帰国した直後に、お上にも呼ばれているし、小黒にも呼ばれている。陰扶持というのは、どうもそのころからのものらしいのだ」

「陰扶持というところが気にいらんな」

と隼太が言った。

「なぜ、表じゃいかんのだ。脱藩者を討ちとめた功績を認めて扶持をあたえ、一家を立てさせる。それでいいじゃないか。それなら前例がないわけじゃない」

「そのとおりだ。おれにも解せぬ」

と忠兵衛も言った。

「扶持の出し手が小黒だとすると、いずれ反対派潰しにでも使うつもりで、野瀬の腕を先買いしたということかも知れんが、もし小黒でなくてお上がそうしているのだとしたら、これはまた、無気味な話になるな」

忠兵衛はにが笑いし、隼太に盃を渡した。そして酒をつぎながら言った。

「そういうわけで、この話は貴公に頼むほかはないのだ。ひと肌脱いでくれぬか」

四

参覲の藩主を送り出したあとの城内には、やはり幾分か弛緩した空気がただよう。行列に従って江戸へ行く人数は、小者にいたるまで出発の三月前には決まってしまうので問題がないが、荷駄の支度は出発の前日までごたごたとつづく。

時にはいったん荒菰で梱包してしまった十個もの荷をほどいて、品物を入れ換えたりもするので、城内は荷造りに走り回る小者や、出入りする商人などで夜も昼もどことなくざわめいている。そのざわめきが、藩主の一行が出発してしまうとぴたりと静まって、城内には一種の虚脱した気配が流れるのである。

郡奉行詰所も例外ではなく、上司たちの部屋からは、つねにない談笑の声が洩れて来たりして、隼太が心配したように、急な郷村見回りに出かけるようなことは起きなかった。

その日、隼太は定刻に城を下がって家にもどると、舅の孫助の部屋を見舞った。孫助は起きていて、まだ日射しが残っている縁側に出て植木をいじっていた。

帰宅の挨拶をしてから、隼太はそれまで胸にしまっておいた忠兵衛に頼まれた役目のことを話した。

「手伝えば杉山忠兵衛に与《くみ》する形になりますが、ことわることも出来かねて引きうけました。ご承知いただきたいと思います」

「気にすることはなかろうさ」

と孫助は言った。

「いずれは、藩内は杉山一門と小黒派に二分されることになるのだ。そのときまさか小黒につくつもりはなかろう」

「それはそうですが……」

隼太は苦笑した。

「ただ、時期尚早という気はいたします」

「たしかに、早かろうな」

孫助は植木から隼太に眼を移した。

「お上のご意志とやらが伝えられて、杉山派は色めき立つことだろうが、何と言っても現職の執政というものは強い。まだ、これからひと波瀾《はらん》もふた波瀾もあろうという形勢だろうな」

「やはり、早まりましたかな」

「なになに……」

孫助は声を出さずに笑顔をつくった。

「小黒は、反発するときはもっと大きいところを狙って潰しにかかるだろう。牧原の護衛役を狙ったりはせん」

「……」

「今夜の集まりに、小谷直記が出て来るかどうかを、注意して見ているといい」

孫助は藩政の黒幕と呼ばれる男の名前を言うと、立ち上がってよたよたと部屋の中にもどった。寝たり起きたりの病人暮らしの中で、あれほど頑健だった足にも弱りが来ているようだった。

孫助はさっさと横になると、床の中から隼太に言った。

「小谷が顔を出すようなら、杉山一派の勢いは本物とみてよかろう」

だが、隼太はその夜、小谷どころかほかの誰が杉山家に集まって来ているのかもさっぱりわからないまま、杉山家の一室でやや不快な時を過ごしたのである。

青柳町の住吉屋は、藩の御用達《ごようたし》を勤める油屋で、城下でも指折りの富商だった。領内の油売り商人の肝煎《きもい》り役を兼ねているために、藩から二人扶持を支給され、名字帯刀を許されていたが、住吉屋に対する藩のその待遇は、じつは過去における莫大な献金と御用金の融通に対してあたえられたものだと言われている。

その古い融通金は、住吉屋の藩に対する貸付金としていまも残っていて、住吉屋はその特権を生かして、同業商人のおよびもつかない有利な商いをしているともうわさされる。一種の政商だった。

杉山忠兵衛に指示されたとおりに、住吉屋に入って杉山の名前を言うと、隼太はすぐに奥に通された。すると、そこに牧原喜左衛門が待っていて、二人は今度は顔を頭巾で包み、住吉屋の男に案内されて裏口から路上に出た。

そこから表通りに回ると、たそがれ刻《どき》のうす暗い道には、まだひとが群れ歩いていたので、二人は誰に怪しまれることもなくその中にまぎれこむことが出来た。そして、あたりがとっぷりと暗くなるころには、何の支障もなく杉山家に着いた。引きうけた役目の半分が、それで終わったのである。

玄関には、当主の忠兵衛自身が迎えに出た。用人の牧原喜左衛門の禄高は三百石だが、その夜は藩主の名代である。忠兵衛の態度は慇懃をきわめた。

「では、奥の方へ」

忠兵衛は、そのまま牧原を奥に案内しかけたが、そこでやっと隼太を振りむいた。もどって来るとささやいた。

「ごくろうだったな。後も頼むぞ」

「わかっておる」

「飯を喰ったか。喰っていなかったら、家の者に言いつけてくれ」

言い捨てると、忠兵衛は牧原のそばにもどり、奥の方に姿を消した。それを待っていたように、隼太のそばに中年の家士が寄って来て、こちらへどうぞと言った。

案内されたのは、供待ちの場所といった部屋だった。数人の先客がいた。年寄りの下男、屈強な身体をした若い家士といった男たちである。言うまでもなく、今夜集まって来ている杉山派の上士のお供だろうと思われた。

彼らは隼太を見ると、身分を察した眼で無言の会釈を送って来たが、それだけであとは言葉をかわすでもなく、前に置かれたお茶をすすっている。隼太の前にも、お茶と菓子がはこばれて来た。

——なるほど……。

そういうことかと、隼太は思った。「ぼたん屋」で今夜の仕事を頼まれたとき、味方しろということかと念を押したときに、忠兵衛が見せた奇妙な表情を思い出している。味方には違いないが、忠兵衛は要するに一夜の護衛役が欲しかっただけのことなのだ。

隼太は胸の中に笑いがこみ上げて来るのを感じた。だがそれは、愉快な笑いとは言えなかった。中に怒りがまじっていて、その怒りは、自分の甘さ加減にむけられている。

と言っても隼太は、まさか今夜の相談事に自分も加えてもらえるだろうなどと考えていたわけではない。集まって来るのは、おそらくいまの執政たちにかわっていつでも藩政を担えるような、錚錚たる男たちだろうと見当がついていた。身分が違う。

ただ、忠兵衛があそこまで機密を打ち明ける話をしたからには、会議に加わらなくとも、部屋の隅で様子を眺めるぐらいのことは許されるかも知れないと思ったのだが、そういうことはあり得なかったのだ。上士と下士は同席せず、だ。

隼太は住吉屋から杉山屋敷に来る間、ひと言も声を出さなかった牧原や、どことなく上の空で声をかけて来た忠兵衛を思い出しながら、自己嫌悪の気分に落ちこんでいた。

五

——しかし、約束は約束だからな。

気を取り直して、隼太はつめたくなったお茶を飲んだ。牧原喜左衛門は、藩主の名代の形で杉山屋敷に来ていた。その人物に何かの間違いが起きれば、忠兵衛に対する藩主の気持ちにも変化が生じかねないだろう。君主というものはわがままなものなのだ。

忠兵衛は、信頼のおける警固役が欲しかったのであろう。「ぼたん屋」で隼太に会ったとき、忠兵衛は隼太に、それ以上のこともそれ以下のことも言ったわけではない。味方の何のということは、こっちの勝手な思いこみというものだと隼太は思った。約束した役目は果たさなければならなかった。

——だが、役目は……。

半分は済んで、あとはさほどのこともなく終わりそうな気もした。会議が終わったあと、隼太は牧原を参覲の街道口になっている曲師町まで送って行く。そこには牧原の従者と、忠兵衛たち一派がべつに用意した護衛の男たち五人が待っていて、その五人は牧原と従者を、そのまま国境の関所まで送りとどける手順になっていた。

つまり、隼太にゆだねられているのは、ひとに目立ってはならない市中の警固役の方なのだが、これまでのところ、反対派の小黒たちが藩主や牧原の行動に気づいている徴候はまったくなかった。

もし気づいていれば、小黒たちは牧原が忠兵衛たちに会う前、牧原と隼太が住吉屋から杉山屋敷に来るまでの間に襲って来たはずだ、と隼太は考えている。かりに小黒派が、いまこの屋敷の奥で重要な会議が行われていることをつかんだとしても、忠兵衛たちとの接触を終わってしまった牧原を襲う公算は少ないだろう。と言っても、油断は出来ないが、早いところ役目を済まして家へもどりたいものだと、隼太は思っていた。

しかし隼太の思惑どおりにはいかず、会議はなかなか終わる様子がないままに、時が経った。その間に、杉山家の女中が二人部屋に入って来て、お茶と菓子を換えて行っただけで、およそ一刻半（三時間）は経ったろうと思われるころ、ようやく隼太を部屋に案内した家士が、みんなを呼びに来た。

「みなさま、お帰りになります」

家士のその知らせで、それまでひっそりと坐っていた供待ち部屋の男たちは、いっせいに立ち上がると部屋を出た。

隼太もその中にまじって玄関にいそいだ。孫助が言ったことを思い出し、ひょっとしたら今夜の客の顔をたしかめられるかも知れないと思っていた。

玄関に出ると、隼太をのぞくほかのお供は、それぞれ土間に降りて主人を待つ構えになったので、隼太は式台の隅にしりぞいて杉山家の家士とならんだ。すると間もなく奥の方から男たちの談笑の声が聞こえて来て、その声が次第に近づいてきたかと思うと、やがて明るく灯をともした玄関に、十人ほどの男たちが姿を現した。

すっかり白髪になった楢岡図書、中老の松波伊織、執政職をしりぞいた内藤与七郎、杉山一門の長老の一人で組頭でもある杉山治部左衛門、元家老金井権十郎の伜又四郎、番頭《ばんがしら》の和田甚之丞、そのほかに、隼太がはじめて顔を見る男たちが四人いた。いずれも身なりの立派な男たちだったが、ことにその中の五十前後に見える細面の男には、目立つほどの威厳があった。孫助が言った小谷直記はいなかった。

「あのお方は？」

隼太がならんでいる杉山家の家士にささやきかけたとき、その声が聞こえたように、細面のその武士が隼太を振りむいた。鋭い眼だったが、隼太の姿は杉山家の家士と思われたかも知れない。

「いま、こちらを振りむかれたお方だ」

と隼太はささやいた。

「どなたですかな？」

「原口民弥さまです」

杉山家の家士も小声でささやき返した。あのひとが、原口か。隼太は少なからぬ衝撃を胸に感じながら、もう顔をもどしてしまった男の背を見つめた。

原口家は千八百石。小谷と同じく藩主家からわかれた血筋で、名門中の名門と言われる家だが、一方の小谷直記が、藩政の黒幕などと言われて事あるごとに政治に口をはさむのにくらべると、原口の方は隠者のように、屋敷を出ることがないとも言われていた。

屋敷は城下の北はずれ、鷹匠町の奥にあって、高い石垣と鬱蒼としげる樹木に囲まれた屋敷は、ちょっとした館ぐらいには見える。森閑とひとの気配もないその門前を、隼太は子供のころに一、二度通りすぎたことがあるだけで、その屋敷の主を見ることがあるなどとは、夢にも思わなかったのである。

「やあ、お待たせ申し上げた」

大きな声がして、最後に杉山忠兵衛と牧原喜左衛門が出て来た。牧原はいつの間にか袴を換え、手甲《てっこう》、脚絆《きゃはん》をつけた旅支度に変わっていた。隼太がいそいで土間に降りると、杉山家の家士も牧原の足もとに草鞋をはこんだ。

「では、失礼申し上げて」

牧原は式台に腰をおろすと、みんなの見ている中で草鞋をつけはじめた。大身、上士と呼ばれる男たちが、じっとその様子を見まもっているのは、藩主の代理である牧原をここで見送るつもりなのだろう。

「桑山」

忠兵衛がそばに寄って来た。忠兵衛の顔は、今夜の会議の成功を物語るように、いつもより赤らんでかがやいてみえる。会議の興奮が残っているのだ。

「一人で大丈夫かな。何なら、屋敷の者を二人ばかりつけようか」

「いや、そのご心配は無用かと存じます」

隼太は人びとの手前、忠兵衛に丁重な言葉を遣った。

「帰り道にはさほどの危険があるとは思われませんし、いざというときにも、むしろ小人数の方が小回りがききましょう」

「そのとおりです」

草鞋をつけ終わった牧原が、立ち上がって忠兵衛に言った。

「目立たぬことが肝要でござる」

牧原と人びとが挨拶をかわしたあと、隼太と牧原は杉山屋敷を忍び出た。屋敷を見張られてはいないかと、門を出るときに十分に気をくばったが、それらしい物の気配はなく、上士屋敷だけが並ぶ城の西濠端の武家町は、ひっそりと静まり返っていた。

「少し遠回りをします」

道に踏み出すとすぐに、隼太はそう言った。牧原は低い声で、まかせると言っただけで、すぐに隼太のあとについて来た。

曲師町に行くには、三ノ丸の濠に沿って北に歩き、与力町から和泉町を通り抜けて翁橋の先に出るのが近道だったが、隼太は武家町を通るのが気がすすまなかった。

小黒派が今夜のあつまりに気づいているかどうかはわからなかったが、万一のことを考えれば、暗い武家町と塀つづきの道は避ける方がよさそうだった。何と言っても商人町の方がこぼれ灯で道が明るいし、さっき忠兵衛にも言ったように、紛れやすい路地が多い方が、いざというときの逃げ場に適しているのである。両側が塀の道で、前後をふさがれたら、まず助かる道はない。

隼太の考えていることを察しているのか、牧原は隼太が濠沿いの道を南にさがり、さらに長者町の方に大きく迂回する道に入っても、黙黙と後について来る。

二人は海穏寺街道を横切って、長者町から隼太の実家がある藤井町に通じる道に入った。そこから六斎川を渡り、藤井町の西はずれを突っ切って笄《こうがい》町を通り抜ければ、さっき住吉屋を出たときとは逆の方角から、青柳町の表通りに入ることになる。

隼太は雀橋という名を持つ、小さな橋を渡った。渡り切ったところが藤井町で、子供のころの遊び場だったそのあたりの地理は、隼太は掌《たなごころ》を指すように諳《そら》んじている。隼太は無言で牧原を制すると、注意深く渡って来た橋の前後に気を配ったが、誰かに後をつけられているような気配はなかった。

隼太は牧原に合図して、また歩き出した。ここから青柳町の通りに出るまでは、ふだんも人通りの少ない裏通りである。

――ここまで来れば……。

もう心配はなかろうと思ったとき、隼太の頭の中に何か忘れていたものを思い出したようなぐあいに、ひとりの女の顔がうかんで来た。杉山忠兵衛の妻女千加の顔である。

頭巾の下で、隼太はにが笑いした。杉山屋敷にいる間、そのひとのことを思い出しもしなかったのは、緊張もしていたのだろうが、雇われの用心棒といった屈辱感が強かったせいかも知れないと思ったのだが、しかし考えてみれば、娘時代の忠兵衛の妻女を、のぼせたようにしきりに思いつめたのは遠いむかしの話でもあった。

そのひとはもう忠兵衛の子を三人も生み、隼太も二人の子の父親である。若い日の夢にすぎなかった。

「桑山孫助どのの……」

不意に牧原が話しかけて来た。話しかけただけでなく隼太の横に並んだのは、もう間もなく青柳町の通りと見当がついて、牧原の胸にも安心感が生まれたのだろう。

「家のひとだそうですな」

「はあ、桑山の婿です」

隼太はいくらか固くなって答えた。相手が側用人《そばようにん》につぐ君側の要人であることも頭の中にあったが、話が思いがけなく私的な色あいを帯びて来たのにうろたえてもいた。

舅の孫助は能吏だったが、問題の多かったひとでもある。それで何か、と思ったが、牧原の声はわずかに笑いをふくんでいた。

「ずいぶん前の話になるが、孫助どのを郡代にという話があったことを聞いておられるかな」

「はあ、存じております」

「推薦したのがそれがしでござる」

「あッ、それは……」

隼太は思わず狼狽した声を出した。思いがけないことだった。村回りの自分とは違う世界に住む、江戸風に染まった取り澄ました人物と思っていた牧原が、急に身近に感じられて来たのは現金なものである。

「それはまた、思いがけないことを承りました」

「それがしが推薦人であることは、お上とご家老の小見山どのしか知らぬことでな」

牧原はたのしそうな口ぶりで言った。

「孫助どのは、近年のようにただ借金に頼って財政をやりくりし、大きな借金に成功することを手柄のように考えているようなやり方では、藩の先行きはおぼつかないと申しておった。遠回りのようだが、領内に産物をふやすに如かずという考え方だな」

「……………」

「孫助どのの話によれば、手っ取りばやいのはやはり米だそうだ。地の利と天候の利に恵まれて、近隣他藩にくらべると、わが領内の稲作の歩留まりは平均二割増は間違いないというものであるらしい。出来た米を上方に売り捌く道もついておる」

「そのとおりです」

「そこで孫助どのは、献策して長四郎堰を通した。つぎに太蔵が原の開墾ということを考えたが、こちらは非常に慎重だった。水の手が見つからぬと申しておったな。ところが、ご家老の小黒どのは、太蔵が原の開墾をご自分の政策に利用しようとして、孫助どのと対立された。そのあたりの事情は、ご存じであろう」

「はあ、あらましは」

「わしが、孫助どのを郡代にと推したのは、その対立が起きる前、長四郎堰の貫通によって二千町歩前後の田地の開拓が見込めると判明した時期だった。だが、なぜか小見山どのが躊躇して実現しなかったのだ」

「……」

「もっとも、いま考えてみると……」

牧原はぐっと声を落とした。二人は青柳町から初音町にかかる表通りを、翁橋の方にむかって歩いていた。

「小見山どのは、そのころから小黒家老の術中にはまりこんでいた形跡がある」

と言って、牧原はしばらく沈黙した。牧原がつぎに話しかけて来たのは、翁橋を渡ったあとだった。

「しかし、孫助どのを郡代に推しそこねたのは、残念なことだった。もしあのとき、そこもとの舅どのが郡代にすすみ、ついで執政にもすすむということになっていたら、今日行われている御賄いという非常の事態は避けられたかも知れぬ」

「舅を、そこまで買っておられたのですか」

「頼みにしておったな」

長い間、君側から藩政を眺めて来た男は、淡淡とした口調で言った。

「小黒家老と衝突しなかったら、太蔵が原の水の手も、いまごろは見つけておったかも知れんと思うことがある」

「……」

「そこもとも、いずれは孫助どのの跡をついで郡奉行にすすまれるだろうが、そのときはよい町見家を引き合わせよう。ぜひとも太蔵が原の水の手を見つけてもらいたいものだ。あの山麓一帯の台地がやがてわが藩の……」

牧原がそこまで言ったとき、隼太は失礼と言って牧原の腕をつかんだ。二人は銀橋《しろがねばし》に踏みこんだところで立ちどまった。

川沿いを山吹町まで来たところで、道はもう一度六斎川を対岸に渡って戎《えびす》町に入り、雁金町、甚兵衛町を経て曲師町に達するのだが、その橋の上にひとの気配があった。ひとは二人で、近づく隼太と牧原をじっと見つめているようである。

隼太は刀の鯉口を切った。前方の黒い人影から濃い殺気が押し寄せて来るのを感じ取っている。刺客とみるほかはなかった。考えが甘かったか、と隼太は思った。むろん牧原を斬って、杉山派の失点とする考え方は最初からあるのだ。側近の者を斬られた藩主は激怒するだろうが、むざむざと斬らせた杉山忠兵衛も無傷では済まないだろう。

「それがしの後を、はなれませぬように」

と隼太は牧原にささやいた。手足に、みっともないほどの顫《ふる》えが来たが、頭は冷静に状況を判断していた。

——先ず逃げることだ。

逃げてべつの道を行けばよい。隼太は牧原に合図して橋をもどった。すると前方の二人が、ゆっくりと追いかけて来るのが暗い中でもわかった。それだけではなかった。隼太は背後の道にも、ひとの足音を聞いた。振りむくと、橋に近づく三つほどの人影が見えて、その一人は、はやくも白刃を握っている。

とっさに、隼太は決断した。

「橋を渡ります」

ささやくと、猛然と走った。走りながら刀を抜いた。うしろから牧原の足音がつづく。橋の中ほどにいた二人は、走る隼太を迎えて、左右から斬りかかって来た。

片貝道場の八双の剣が、一人の刀を叩き落とし、返す刀がもう一人の肩を打ったが、その男は相当の心得のある男だった。やわらかく受けとめて押し返して来た。

二人は橋板を踏み鳴らして欄干から欄干へ、相手を押しつけようと走った。剣を落とされた男は、そのときに手傷を負ったらしく、橋の上にうずくまったままだった。

新手《あらて》が駆けつけて来た。隼太は相手を強引に押した。そして押し返して来た刀を思い切ってはずした。相手は一瞬よろめき、身を沈めた隼太の上をとっさに跳び過ぎようとした。その腿を、片膝をついた姿勢からふるった隼太の剣が存分に斬った。

相手が橋板をゆるがして転ぶのを待たずに、隼太ははね起きて新手にそなえた。だが、その新手の敵の間で混乱が起きていた。すさまじい斬り合いが行われている。眼を凝らすと、一人の男を取り囲んで三人の男が斬りかかっているように見えたが、瞬時に一人が倒れ、また一人が倒れてつぎの一人は逃げ去った。残った長身の男は、ちらと隼太の方を見たようだったが、そのまま後も振りむかずに山吹町の方にもどって行った。

——市之丞……。

隼太は茫然と、闇に溶けるうしろ姿を見送った。陰扶持という言葉が頭にうかんで来た。振りむくと牧原が立っていた。牧原もいまの斬り合いを見たらしい。行きましょうかと、隼太は言った。

（下巻に続く）

単行本　一九八五年　朝日新聞社刊

この本は一九八八年に小社より刊行された文庫の新装版です。
内容は「藤沢周平全集」第二十巻を底本としています。

DTP制作・ジェイ エスキューブ

文春文庫

風《かぜ》の果《は》て 上

定価はカバーに表示してあります

2013年2月10日 新装版第1刷
2025年9月20日 第8刷

著者 藤《ふじ》沢《さわ》周《しゅう》平《へい》
発行者 大沼貴之
発行所 株式会社 文藝春秋

東京都千代田区紀尾井町3-23 〒102-8008
TEL 03・3265・1211㈹
文藝春秋ホームページ https://www.bunshun.co.jp
落丁、乱丁本は、お手数ですが小社製作部宛お送り下さい。送料小社負担でお取替致します。

印刷・TOPPANクロレ 製本・加藤製本
Printed in Japan
ISBN978-4-16-719256-3

鶴岡市立 藤沢周平記念館のご案内

藤沢周平のふるさと、鶴岡・庄内。
その豊かな自然と歴史ある文化にふれ、作品を深く味わう拠点です。
数多くの作品を執筆した自宅書斎の再現、愛用品や肉筆原稿、
創作資料を展示し、藤沢周平の作品世界と生涯を紹介します。

交通案内

- 庄内空港から車で約25分
- JR鶴岡駅からバスで約10分、「市役所前」下車、徒歩3分
- 山形自動車道鶴岡I.C.から車で約10分

車でお越しの方は鶴岡公園周辺の公設駐車場をご利用ください。(右図「P」無料)

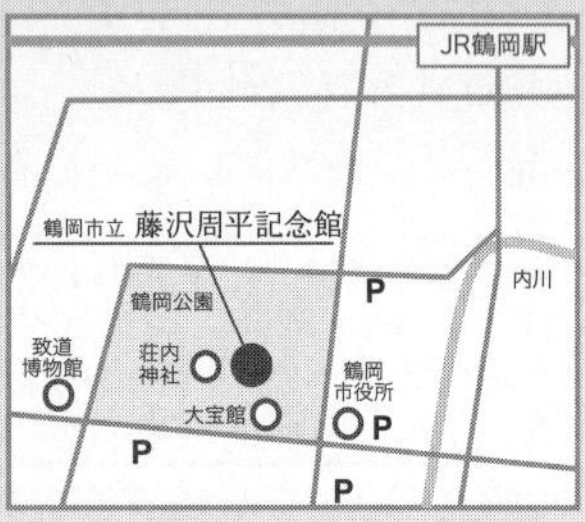

クライマーズ・ハイ
横山秀夫

日航機墜落事故が地元新聞社を襲った。衝立岩登攀を予定していた遊軍記者が全権デスクに任命される。組織、仕事、家族、人生の岐路に立たされた男の決断。渾身の感動傑作。（後藤正治）

よ-18-3

死神の精度
伊坂幸太郎

冴えない会社員、昔ながらのやくざ、恋をする青年……真面目でちょっとズレた死神・千葉が出会う、6つの人生を描いた短編集。著者の特別インタビューも収録。

い-70-3

イン・ザ・プール
奥田英朗

プール依存症、陰茎強直症、妄想癖など、様々な病気で悩む患者が病院を訪れるも、精神科医・伊良部の暴走治療ぶりに呆れるばかり。こいつは名医か、ヤブ医者か？　シリーズ第一作。

お-38-1

後妻業
黒川博行

結婚した老齢の相手との死別を繰り返す女・小夜子と、結婚相談所の柏木につきまとう黒い疑惑。高齢の資産家男性を狙う〝後妻業〟を描き、世間を震撼させた超問題作！（白幡光明）

く-9-13

木洩れ日に泳ぐ魚
恩田　陸

アパートの一室で語り合う男女。過去を懐かしむ二人の言葉に、意外な真実が混じり始める。初夏の風、大きな柱時計、あの男の背中。心理戦が冴える舞台型ミステリー。（鴻上尚史）

お-42-3

ナイルパーチの女子会
柚木麻子

商社で働く栄利子は、人気主婦ブロガーの翔子と出会い意気投合。だが同僚や両親との間に問題を抱える二人の関係は徐々に変化して――。山本周五郎賞受賞作。（重松　清）

ゆ-9-3

冬の光
篠田節子

四国遍路の帰路、冬の海に消えた父。家庭人として企業人として恵まれた人生ではなかったのか……足跡を辿る次女が見た最期の景色と人生の深遠が胸に迫る長編傑作。（八重樫克彦）

し-32-12

文春文庫　ロングセラー小説

（　）内は解説者。品切の節はご容赦下さい。

村上春樹
色彩を持たない多崎つくると、彼の巡礼の年
多崎つくるは駅をつくるのが仕事。十六年前、親友四人から理由も告げられず絶縁された彼は、恋人に促され、真相を探るべく一歩を踏み出す――全米第一位に輝いたベストセラー。
む-5-13

川上未映子
乳《ちち》と卵《らん》
娘の緑子を連れて大阪から上京した姉の巻子は、豊胸手術を受けることに取り憑かれている。二人を東京に迎えた「私」の狂おしい三日間を、比類のない痛快な日本語で描いた芥川賞受賞作。
か-51-1

吉田修一
横道世之介
大学進学のため長崎から上京した横道世之介十八歳。愛すべき押しの弱さと隠された芯の強さで、様々な出会いと笑いを引き寄せる。誰の人生にも温かな光を灯す青春小説の金字塔。
よ-19-5

重松　清
小学五年生
人生で大切なものは、みんな、この季節にあった。まだ「おとな」でないけれど、もう「こども」でもない微妙な年頃を、移りゆく四季を背景に描いた笑顔と涙の少年物語、全十七篇。
し-38-8

角田光代
空中庭園
京橋家のモットーは「何ごともつつみかくさず」……普通の家族の表と裏、光と影を描いた連作家族小説。第三回婦人公論文芸賞受賞、小泉今日子主演で映画化された話題作。（石田衣良）
か-32-3

森　絵都
風に舞いあがるビニールシート
自分だけの価値観を守り、お金よりも大切な何かのために懸命に生きる人々を描いた、著者ならではの短編小説集。あたたかくて力強い6篇を収める。第一三五回直木賞受賞作。（藤田香織）
も-20-3

原田マハ
キネマの神様
四十歳を前に突然会社を辞め無職になった娘と、借金が発覚したギャンブル依存のダメな父。ふたりに奇跡が舞い降りた！壊れかけた家族を映画が救う、感動の物語。（片桐はいり）
は-40-1

又吉直樹
火花
売れない芸人の徳永は、先輩芸人の神谷を師として仰ぐようになる。二人の出会いの果てに、見える景色は。第一五三回芥川賞受賞作。受賞記念エッセイ「芥川龍之介への手紙」を併録。

ま-38-1

村田沙耶香
コンビニ人間
コンビニバイト歴十八年の古倉恵子。夢の中でもレジを打ち、誰よりも大きくお客様に声をかける。ある日、婚活目的の男性がやってきて——話題沸騰の芥川賞受賞作。（中村文則）
む-16-1

宮下奈都
羊と鋼の森
ピアノの調律に魅せられた一人の青年が、調律師として、人として成長する姿を温かく静謐な筆致で綴った長編小説。伝説の三冠を達成した本屋大賞受賞作、待望の文庫化。（佐藤多佳子）
み-43-2

瀬尾まいこ
そして、バトンは渡された
幼少より大人の都合で何度も親が替わり、今は二十歳差の〝父〟と暮らす優子。だが家族皆から愛情を注がれた彼女が伴侶を持つとき——。心温まる本屋大賞受賞作。（上白石萌音）
せ-8-3

姫野カオルコ
彼女は頭が悪いから
東大生集団猥褻事件で被害者の美咲が東大生の将来をダメにした〝勘違い女〟と非難されてしまう。現代人の内なる差別意識に切り込んだ社会派小説の新境地！　柴田錬三郎賞選考委員絶賛。

ひ-14-4

馳　星周
少年と犬
犯罪に手を染めた男や壊れかけた夫婦など傷つき悩む人々に寄り添う一匹の犬は、なぜかいつも南の方角を向いていた。人と犬の種を超えた深い絆を描く直木賞受賞作。（北方謙三）
は-25-10

綿矢りさ
かわいそうだね？
同情は美しい？　卑しい？　美人の親友のこと本当に好き？　滑稽でブラックで愛おしい女同士の世界。本音がこぼれる瞬間を描いた二篇を収録。第六回大江健三郎賞受賞作。（東　直子）
わ-17-2

東野圭吾
秘密
妻と娘を乗せたバスが崖から転落。妻の葬儀の夜、意識を取り戻した娘の体に宿っていたのは、死んだ筈の妻だった。日本推理作家協会賞受賞。（広末涼子・皆川博子）
ひ-13-1

東野圭吾
透明な螺旋
今、明かされる「ガリレオの真実」——。殺人事件の関係者として、ガリレオの名が浮上。草薙は両親のもとに滞在する湯川学を訪ねる。シリーズ最大の秘密が明かされる衝撃作。
ひ-13-14

池井戸　潤
オレたちバブル入行組
支店長命令で融資を実行した会社が倒産。社長は雲隠れ。上司は責任回避。四面楚歌のオレには債権回収あるのみ……。半沢直樹が活躍する痛快エンタテインメント第1弾！（村上貴史）
い-64-2

池井戸　潤
シャイロックの子供たち
現金紛失事件の後、行員が失踪!?　上がらない成績、叩き上げの誇り、社内恋愛、家族への思い……事件の裏に透ける行員たちの葛藤。圧巻の金融クライム・ノベル！（霜月　蒼）
い-64-3

湊　かなえ
花の鎖
元英語講師の梨花、結婚後に子供ができずに悩む美雪、絵画講師の紗月。彼女たちの人生に影を落とす謎の男K……。三人の女性たちを結ぶものとは？　感動の傑作ミステリ。（加藤　泉）
み-44-1

宮部みゆき
蒲生邸事件（上下）
予備校受験で上京した孝史はホテルで火災に遭遇。時間旅行の能力を持つという男に間一髪で救われるも気づくと昭和十一年二月二十六日、雪降りしきる帝都・東京にいた。（末國善己）
み-17-12

有栖川有栖
捜査線上の夕映え
マンションの一室で、男が鈍器で殴り殺された。金銭の貸し借りや異性関係トラブルで、容疑者が浮上するも……。各ランキングを席巻した「火村シリーズ」新境地の傑作長編。（佐々木　敦）
あ-59-3